# 禍いの因果
## 現代奇譚集

川奈まり子



竹書房
怪談
文庫

※本書は体験者および関係者に実際に取材した内容をもとに書き綴られた怪談集です。体験者の記憶と主観のもとに再現されたものであり、掲載するすべてを事実と認定するものではございません。あらかじめご了承ください。

※本書に登場する人物名は、様々な事情を考慮してすべて仮名にしてあります。また、作中に登場する体験者の記憶と体験当時の世相を鑑み、極力当時の様相を再現するよう心がけています。今日の見地においては若干耳慣れない言葉・表記が記載される場合がございますが、これらは差別・侮蔑を助長する意図に基づくものではございません。

おはぎちゃん　8

逢魔が時の家　27

異能者の談話　39

◎人形事件　39

◎愛しのビンゴ君　54

◎私の生霊　58

蛇と水子の祟り　63

帰るところ　72

僕の幽霊家族　78

助けを呼びに　83

深夜、牛窪の十字路を通って　89

仏壇あきんどの怪談拾遺　99

◎鉤形《かぎがた》の家　100

◎日本人形の家　109

◎敦賀の地蔵　116

モボの帝都怪談集　124

◎カフェーの女給　124
◎円タクの少女　132
◎大阪から来た級友　135
◎お抱え運転手の話　139
◎初恋のツィゴイネルワイゼン　152
怪談クラブの夏合宿　159
バーの指定席　165
欠員補充　171

深川のトシコちゃん 177
長トイレ 182
あずさの女 187
馬供養 191
神棚の石鳥居 194
井戸の守り神 203
父のお骨を運ぶとき 207
誰も住めない部屋 214

ある家の祟りの記録　224
◎竹原の井戸と三原の怪物　225
◎またしても井戸、井戸……　228
◎こっくりさん　229
◎瀬戸田島の拝み屋　231
◎昌美　232
◎二段ベッド　235
◎血の滴り　238

# おはぎちゃん

泣きつらに蜂。弱りめに祟りめ。そんなことわざが出来るほどだから、いつの時代も悪いことほど重なりがちだったに違いないが、当事者はたまったものではない。

川奈まり子さんを介して読者の皆さんにお話しするが、十年前の私がそうだった。

厭《いや》なことの連鎖が始まる直前までは、むしろ幸せの絶頂にいたのだが……。

十年前の私は、心身ともに健康な二十四歳。

学校でいじめられることなく育ち、家庭にも問題がなかった。

祖父はしばらく前に他界していたが、両親と祖母は健在で、一人っ子で初孫の私は、生まれてからこの方、家族みんなに寄ってたかって可愛がられていた。

社会人になっても実家を出る気になれなかったのは、家の居心地が良すぎたせいかもしれない。

いや、故郷全体が私にとっては最高の場所だったと言えそうだ。近所の年寄り連中にも猫かわいがりされ、地元には良い想い出しかなかったのだ。

町いちばんの若者向けスポットが大型スーパーマーケット、最大のイベントホールが公民館という関東圏の田舎町で、同級生の多くが都会へ飛び出していったけれど、私は生涯ここに留まるつもりだった。

百パーセント満ち足りていたのだ。だから、高校卒業と同時に、例の大型スーパーで唯一の「ヤング層向け」雑貨店のスタッフという仕事に就いた。

しかし、二十四歳のときに、高校生の頃から付き合っていた恋人と婚約すると、だいぶ事情が変わってきた。

婚約者が都心の会社に就職し、東京で暮らすことになったのだ。

マンションの内見をして、式場の下見をした。婚姻届けも取り寄せた。

だから私は雑貨店を寿《ことぶき》退社したのである。六年近く勤めた大好きな職場だったのに。

ところが、退職した直後に、彼のスマホを使って見知らぬ女が電話をかけてきた。

「彼氏さん、今あたしの横で裸で寝てるんだよねぇ。別れた方がいいんじゃない？」

電話をかわってもらうと、ひどく狼狽した婚約者が出た。

彼の後ろで、さっきの女が「結婚とか、ないわぁ」と言って私たちを嘲笑《あざわら》った。

そんな次第で破談した。

それから間を置かず、最愛の祖母が脳梗塞で倒れた。一命を取りとめたが重い後遺症が残り、認知症の症状も現れだして、あれよあれという間に寝たきりになってしまった。

祖母は自宅に帰りたがり、無職になった私が介護を担うことになった。

――つい数日前までは働いて収入を得て、結婚後の未来をあれこれ想い描き、朝晩に大好きな家族と未来を語らってきたのである。

それがどうだ？　私は稼ぎが無い分を、祖母の介護だけでなく家事労働で埋め合わせしはじめた。両親が共働きだったので、必然的にそうなってしまったのだ。

今まで愉しみにしてきた夕食の家族団らんは、食事の後片付けと就寝前の祖母のシモの始末の段取りをひそかに考える時間になった。

私は次第に卑屈になり、口数が減っていった。

それでも最初のうちは、家事や介護の合間に勉強をして、再就職に役立つ資格試験を受けようと考えていた。

だが、その矢先に体調を崩してしまった。

船酔いのような吐き気を伴う気持ち悪さがひっきりなしに続き、胃袋が固形物を受けつけなくなった。

小さな頃から何かあれば通ってきたかかりつけ医に診《み》てもらったが、原因がわからなかった。

そこで紹介状を書いてもらって東京の総合病院で全身調べてもらったのだけれど、そこでも検査結果は正常。

総合病院の医師は「異常なのはあんたの頭」と言わんばかりの表情を私に向けた。

気分が悪いのは誓って本当なのに、気のせいにされてしまったのである。

「ママはあなたが妊娠しているんじゃないかと思ったのよ。てっきり悪阻《つわり》かと……」

検査結果を伝えると、母は内緒話の体《てい》で声をひそめて、そう言った。

「違うよ。でもムカムカして何も食べられない。練乳とチョコレートは口に出来るけど」

「そんなの、別の病気になりそう。原因に何か思い当たることはないの？」

「……怖い夢を見るようになったことぐらいかな」


目が覚めても昨夜の悪夢を鮮明に憶《おぼ》えているようになったのは、自宅で祖母の介護を始めた頃だったが、恐ろしい夢自体は、婚約者と別れる前に始まっていたと思われる。

おそらく初めは彼とマンションの内見をした日の夜だった。

翌朝、起きたときに喉に違和感があって、首を圧迫された直後のような気がした。

それから度々、朝起きると同じ症状に見舞われた。

だから「夢で首を絞められたような感じがする」と彼に打ち明けたのだった。

後に祖母の世話をするようになると、目覚めても夢の中身が頭を去らなくなり、「夢で首を絞められた」という私の直感が正しかったことがわかった。

――この悪夢は、いつも私が夢の中で目が覚めるところから始まる。

何か息苦しいような心地がして目を覚ますと、ベッドに仰向けに横たわっており、即座に、枕もとに佇む全身が赤黒い何者かが目に入る。

反射的にその者の顔を見上げるが、粘土の塊《かたまり》のようで目も鼻も口も無い。

髪も同じ色だ。よく見ると、赤黒いと言っても少し紫色を帯びている。

和菓子の「あんこ」の色を想像してもらいたい。

体の表面全体が凸凹しているのも、あんこっぽい感じだ。

あんこをこねて作った彫像のようで、胴体にくびれがなく、腹が丸く突き出ているものの、乳房のふくらみ、肩の丸みが大人の女性を思わせた。

そんな化け物が、私を見下ろして荒い息遣いに全身を揺らしている。

何か、興奮しているのだ。

ここで私は毎回、悲鳴をあげて逃げようとする。

だが声が出せず、体も動かせない。

化け物は無言でほくそ笑む。嬉しそうな気配が伝わってくるので、動けない私を眺めて喜んでいるのは間違いない。

次いで、そいつが上にのしかかってきて、両手で私の首を絞めはじめる――と、ここで意識が真っ白に消し飛び、気づけば朝なのだった。

こんどこそ本当に目が覚めた私の視界の端に、祖母が寝ている介護用ベッドが映る。

介護を始めるにあたり、私は家の一階にある南向きの部屋で祖母と寝起きすることにしたのだ。

夢の舞台は、いつもこの部屋だった。

体調の悪さは一向に治らず、スキマ時間に勉強をするどころではなくなり、相変わらず無職、無収入で家事労働と祖母の介護をして……夢では化け物に虐められる日々。

やがて私は、悪夢の化け物に可愛らしい名前でもつけなければ正気を保てないような気がして、これを「おはぎちゃん」と名づけた。

あんこのような肌の質感とまるまると肥《ふと》った体つきから、おはぎを連想したからだ。

おはぎちゃんは初めのうちは私の首を絞めるだけだったが、あるときから得物を手にして襲ってくるようになった。

裁縫に使う裁ちバサミ、台所にある万能包丁、ノコギリ、ハンマー、ペンチなどで、ベッドに寝たまま動けない私を拷問しだしたのである。

ハサミで右目を突き刺されたときのことは一生忘れられない。

あの恐ろしい痛みときたら……。激痛を伴う灼熱感が右顔面で脈打ち、顎の関節が壊れそうなほど大きく口を開いて、声のない絶叫を私は放った。

おはぎちゃんは手を打って喜んでいた。

目覚めた瞬間に右目に鋭い痛みを感じたのが、第二の恐怖だった。

しかし洗面台の鏡に映った私の右目は何ともなかった。

それでも眼球の奥がズキズキと痛んだ。

おまけに、祖母がいる部屋に戻ると、後ろから女の声が追い掛けてきた。

「死ね。早く死んでしまえ。なんで、おまえなんかが生きているんだ」

低く、少ししわがれた年輩の女の声だった。

振り向いても誰もおらず、祖母が不思議そうに「どうしたの」と訊いてきた。

「なんでもない」

悪夢の影響で頭がおかしくなってきたのだろうと思い、私は怯えた。

狂気に囚われるのは怖いことだ。

悪阻のような気分の悪さと同じように目の痛みも原因不明のまま続いたらどうしようと心配もした。

しかし幸い昼頃までには痛みが消えた。

――現実と違い、次の夢では右目を失っていたのに。

そうなのだ。夢で傷つけられると、明くる晩の夢にもその傷が残った。

そして、おはぎちゃんはさまざまな道具と手段で私を責め苛んで愉しむようになったので、ひと月もすると、悪夢の中の私は満身創痍になった。腸《はらわた》を引っ張り出され、両腕を切り落とされ、熱湯を浴びせられた顔は皮膚を失って赤剥けになり……。

実際には生きていられるわけがないが、夢だからか、気を失うことすらない。

しかも現実にも姿が見えない女に呪詛《じゅそ》を投げつけられる――あの一回では済まず、その後は毎日のように「死ね」という声が聞こえるようになったのだ。

両親と祖母には、その声が聞こえないこともわかってきた。

こうなると、自分の正気に自信を持つことが難しくなった。体調不良も心の病が原因なのだろうと思われてきて、私は精神科で診てもらうことをひそかに検討しはじめた。

ところが、である。

中学校以来の親友・A子が久しぶりに遊びに来て、背後のおはぎちゃんが私の気のせいではないことが判明したのだ。

A子が、玄関で出迎えた私を見るなりギョッとしたときは、私がひどく痩せて老け込んでしまったせいかと思った。

しかしすぐに彼女の視線が私ではなく、私の後ろに向けられていることに気がついた。

そのとき、おはぎちゃんは私の後ろで繰り返し「死ね」と呟いていた。

「死ね。死ね。死ね。死ね。死ね。死ね……」

これは幻聴だ、私の妄想なのだろうと思っていたのだが。

A子は私に視線を戻すなり、こう訊ねた。

「その人に何をしたの？」

「視《み》えるの？」と私は心の底から驚いて彼女に問い返した。

「うん。視えるし聞こえる」

A子はいつになく真剣な面持ちで私に答えた。

「死ね死ねって繰り返し言っているよね。実は私、霊感があるんだ」

「そうなんだ」と私は興奮気味に応えた。「凄い。幻覚だと思ってたよ」

「本当にいるよ。たぶん生霊《いきりょう》。ちょっと上がらせて。部屋に行って話そう」

私たちが居間に場所を移すと、おはぎちゃんもついてきた。

私は後ろを指差して「おはぎみたいな化け物だよね？」とA子に訊いた。

「おはぎ？　何それ。おばあさんだと思うよ」

夢の中ですら私の目にはあんこの化け物としか映らないのに、A子には人間のようなその姿が見えているようだった。

「このうちのおばあちゃんじゃなくて、私が会ったことのない六十代ぐらいの女性が、あんたのことをメチャクチャ恨んでいるんだよ。心当たりはない？」

「ない……と思う」

「何か思い当たるはず。年輩の女の人を怒らせたことがあるでしょう？　その人に謝罪して許してもらった方がいいよ」

「ええっ？　でも本当に、恨まれるようなことをした覚えが全然ないんだけど……。元彼の浮気相手は私たちと同年代だったし……」

私にはお手上げだった。

私が変になっていたわけではないとわかったことで少し気持ちが晴れたものの、問題は少しも解決しなかった。


それからも何度か病院で検査してもらったが、吐き気と気持ち悪さは相変わらずで、悪夢も続いた。

三年経つ頃には、悪夢の世界の私は、手も足も顔もない肉の塊と化していた。

左目と意識だけが無事で、おはぎちゃんの一挙手一投足に怯えているのだった。

悪夢を見はじめて三年目に、祖母が亡くなった。

咳が止まらなくなって救急車を呼んだのだが、すでに重度の誤嚥《ごえん》性肺炎に罹っており、搬送直後に息を引き取ってしまったのだ。

手放しで喜ぶわけにはいかないけれど、私は介護から解放された次第だ。

おはぎちゃんには、それが面白くなかったのだろうか。

彼女はそれまで我が家の台所や物置にありそうな道具で私を責め苛んできたのだが、途端に、巨大で分厚い鉄の板を悪夢に登場させた。

鉄板が真上から落ちてきてぺたんこに押しつぶされる瞬間、おはぎちゃんの怒りが頂点に達したことを悟った。

しかし、これ以降、私はおはぎちゃんの悪夢を見なくなった。

三年の間に、いつしか悪阻のような具合の悪さとも上手に付き合えるようになっており、と言っても練乳とチョコレートとビタミン剤で不健康ながらも乗り切っているにすぎないが、ともあれ心と時間にゆとりが出来ると、俄然、前向きな気持ちが生じた。

なんと言っても私は若かった。二十七歳。まだやり直せると思った。

ほどなく私は、派遣社員として働きながら、二、三の資格講座を受講しはじめた。

すぐに生活が軌道に乗り、祖母の死から半年ほど経ったある日、自分の愉しみのために外出しようと思い立って、以前から観たかった劇団四季の芝居のチケットを買った。

さらには、芝居の帰り道、大都会の雑踏で迷子になって困っていたところ、同世代の男性が助けてくれて、その人と淡い恋が芽生えた。

彼は私を駅まで送ってくれただけではなく、翌日、私に会いに来てくれたのだ。

そのとき羽で触れるような優しいキスを一回しただけで、それきり会うことはなかったのだが、私も生身の女なのだと実感させてくれるには充分だった。

白雪姫や眠り姫は王子様の口づけで目が覚める。

どういうわけか私も、キスした直後から悪阻に似た諸症状が消えて、生まれ変わったかのように爽快な気分になった。

——駆け足で明るんでゆくような日々が過ぎた。

翌年、私はリフレクソロジーとボディケア分野の最大手に就職を果たした。

そこで研鑽《けんさん》を積み、三十一歳で直営店の経営を任されるようになった。

その店は、以前働いていた雑貨店が入っていたのと同じ大型スーパーに新装開店した店舗で、私が長く店長を務めることが期待されていた。

好機を掴んで地元で働けるようになったと告げると、両親も喜んでくれた。


突然の婚約破棄からおよそ十年目の春のこと……と書くと何か空々しい感じがする。

なぜなら、これは二〇二四年の春、つまり、ごく最近の出来事なのだから。

その日、私は母が推《お》している著名人の講演会に参加した。

母から車で会場まで送ってくれたらありがたいが、一緒に参加してくれたらもっと嬉しいと言われて、店の定休日で他に予定もなかったので、付き合うことにしたのだ。

講演会の会場は、この地方でいちばん開けた場所、つまり私の勤務先のすぐ近くに新し

かった。

大きく取られたガラス窓から燦々《さんさん》と陽射しが降り注ぎ、幅の広い階段は隅々まで明るかった。

よく晴れた昼下がりだった。

ビルに併設された駐車場に車を停めると、私と母は連れ立って中に入った。

く建ったビルの二階にあった。


そのとき、上階から急にざわめきが聞こえてきていた。

「他にもイベントをやっていたのね。何か終わったところみたい」と母が言った。

「大勢、人が下りてきそう」と私は呟き返して、階段の上を振り仰いだ。

と、同時に、視線の先にニュッと人影が現れた。

逆光で黒くなったシルエットを見て、私は息を呑んだ。

おはぎちゃんだ！

影になったその人物の体型が、おはぎちゃんそのものだったのだ。

恐怖が一挙に蘇り、私は震える手で階段の手すりにしがみついて凍りついた。

おはぎちゃんも立ち止まった。恐ろしいことに、私を睨みつけているようだった。

何も知らない母だけが軽やかに階段を上りつづけた。

そして、おはぎちゃんに近づくと「あらっ」と明るい声で言った。

「お久しぶりです！　何のイベントだったんですか？　私たちも、これから……」

「お話があります」と唸《うな》るように言って、おはぎちゃんは母の言葉をさえぎった。

「あんたたちに話しておきたいことがあるんですよ！」

おはぎちゃんが一歩足を前に踏み出すと、母はたじろいで道を開けた。

階段を下りて私の前に来たその顔。

憤怒の形相で、最後に会ったときよりも、うんと歳を取っていたが。

母が気さくに挨拶をするのも道理だった。

私も、この人を知っていた。

顔見知りと言っても差し支えなかった、うちのご近所のBさん！

息を呑んだ刹那に、A子の問いが脳裏をよぎった。

——その人に何をしたの？


おはぎちゃんことBさんは家の三軒隣に昔から住んでおり、以前は母と親しかった。

母とBさんには、三日にあげず手作りのお惣菜やお菓子を差し入れし合い、育児の悩みを相談し合っていた時期があった。

つまり二人はママ友同士だったのだ。いや、Bさんの方が母より十歳も年上で、彼女のひとり娘は私より年かさだったから、母親業の先輩と後輩と言うべきだろうか。

母とBさんの違いは他にもあって、Bさんはシングルマザーだった。

でも子どもの頃の私は、母ひとり子ひとりのBさん宅を別段なんとも思わず、母にくっついて遊びに行っては、食事をご馳走になったり、Bさんの娘に相手をしてもらったりしたものだ。よそいきの洋服や参考書をお下がりに貰ったことも数え切れない。

Bさんの娘が就職を機に町を出ると、自《おの》ずと付き合いが少し浅くなった。

それでも週に一、二度は道端で会って挨拶を交わし、ときには立ち話もした。

またBさんは玄人はだしの園芸家で、頻繁《ひんぱん》に季節の花を届けてくれていた。

そう、うちの玄関や床の間には「Bさんのお花」が絶えず飾られていたのだ。

あの日までは。

講演会が終わるまでBさんに待ってもらい、会の後に、母と乗ってきた車の中で三人で話をした。

開口一番、Bさんは「十年前に、二人でうちに来ましたよね?」と私たちに訊ねた。

私より先に母が答えた。

「はい。娘さんがお亡くなりになって、さぞお気を落とされているだろうと思っ……」

「だったらなぜ!」とBさんは大声を出して母を黙らせた。

そして肩で息をして私と母の顔を交互に睨みつけ、最後に私の顔にピタリと目を留めた。

「この子を連れてきたんですか? おまえの娘は病んで飛び降り自殺したけど、うちの子は、このとおり元気いっぱい、幸せでキラキラしてますって自慢したかったの？」

母は絶句した。

――あの日、自死した娘を荼毘《だび》に付した後、Bさんは母に電話を掛けてきたのだ。

「うちの子、死んじゃったのぉ。東京で、マンションから飛び降りて死んじゃったぁ」

すっかり取り乱していたので、母は「今そっちに行くから、しっかりして！」と応えて電話を切ると、そのときたまたまそばにいた私を振り向き、こんなことを言った。

「Bさんちの娘さんが自殺されて大変なの。どうしよう。Bさん独りぼっちになっちゃった。心配！　変な気を起こすといけないから行ってくる。あんたもいらっしゃい！」

母は本気でBさんの身を案じていた。これっぽっちも悪気はなかった。

――長年、Bさんには親子ともどもお世話になってきた。うちの子もBさんの娘と姉妹のようなものだったのだから、一緒にBさんを見舞うべきだ。

母は至ってシンプルに、混じりっけのない善意でもって、そう考えたのだろう。

訪ねていくと、Bさんは顔面蒼白で足もとがおぼつかず、ほとんど会話できなかった。

母は温かい食事を手早くこしらえてやり、風呂を沸かしたり、その辺のものを片づけたり、何くれと世話を焼いた。気を利かせたつもりだったと思う。私も手伝った。

私たちときたら何一つわかっていなかったのだ。

永遠に続くかのような幸福が、私と母のアンテナを鈍らせていたに違いない。

「あのときからずっと恨んでいました。この子も、うちの娘のように不幸のどん底に落ちて死ね、死んでしまえと一日も欠かさず呪ってきたんですよ！　私の子どもは無惨に死んだのだから、この子が生きているのは不公平でしょう？　それを……私の気持ちにお構いなしに、わざわざ見せつけに来て！」

私は、Bさんに対して返す言葉を見つけられなかった。

母は慌てて弁解した。

「そんなつもりではありませんでした。でも、浅はかでした！　どう謝ったらいいか」

「あなたに謝られても娘は生き返りません！　……私もじきに死にます。まだ肥っているからわからないでしょうが、実は末期癌で、余命一年と宣告されています。次が最期の入院になるでしょうね」

絶句してしまった母の隣で、私も言葉を見つけられずにいた。

Bさんは、そんな私をためつすがめつして、一つ、大きな溜息を吐いた。

「私を怖がっていますね？　怯えるのも無理もないけれど、今日、会ったのは偶然で、待ち伏せしていたわけじゃないんですよ。何もかも話して……恨んでいたことを打ち明けたいと思っていたから、神さまの思し召しで出会えたのかもしれない……。死期が近いとわかったら、こんなふうに人を呪ったままでは、あの世で娘に顔向けできないような気がしてきたんです。恨みを手放すために、あなたたち親子に私の傷ついた気持ちを知ってもらって、スッキリしたかったんですよ」

私と母は誠心誠意、彼女に謝った。

許してもらえるとは思わなかったが、家まで送らせてほしいという私たちの申し出は受け容れられた。

やがてBさん宅の前で車を停めると、彼女は「ちょっと待っていて」と言って、自分の家の庭に駆け込んでいった。

それは、春の花々が咲き乱れる、美しい庭だった。

この庭を、私は久しく思い出すこともなかったのだと思い至った。

こんなに近くにあったのに、Bさんの存在ごと忘れていた。

自死した娘の生前の面影も、今ようやく頭に蘇った。

間もなく、彼女は花束を手にして戻ってきた。

「これを和解のしるしに受け取って。……逆恨みして、ごめんなさい」

そんなわけで、私に降りかかった災いは、Bさんの生霊に呪われていたせいで起きたものだと思われる。

そして、これは私の推測だが、祖母の死を境に状況が好転していったのは、祖母が守護霊となって災禍をはねのけてくれたからではなかろうか……。

Bさんと母は再び親しく付き合いはじめた。母は最期を看取るつもりのようだ。
今日も、我が家の玄関をBさんのお花が飾っている。

# 逢魔が時の家

昔住んでいた家の間取りをまだ憶えていると奈津実《なつみ》さんは言う。

「昭和二十三年の帝銀事件はご存じですか？　あの帝銀の近くに祖父が建てたんです。和洋折衷の大きな邸でした。玄関の三和土《たたき》が旅館のように広く、玄関ホールの奥に応接室があって、応接室の襖《ふすま》を開けると縁側のある十二畳の和室。和室の隣が家族の居間兼食堂で、その奥が台所。台所にはレンジやステンレスの流しの他に、大きな調理用のテーブルが置かれていて、家政婦さんがよくそこで作業をしていました。二階と三階には、昔、祖父の弟子たちや書生を住まわせていた大小の部屋が合計十室ばかり……。でも私が物心ついた頃には半分も使っていませんでした。浴室やトイレは一階と二階に……」

彼女の祖母はかつては深窓の令嬢で、結婚後は祖父が経営する会社の社長夫人としての社交生活が忙しく、家庭を顧《かえり》みなかったという。

そんな祖母に育てられた母は、奈津実さんを産んで間もなく離婚。祖父の後継者になり、奈津実さんの世話はもっぱら家政婦に任せた。

家政婦は早朝から夜の八時か九時頃まで家にいて、家事全般を受け持っていたけれど、肉親とは違い、奈津実さんが甘えられる相手ではなかった。

独りでいることに慣れて、あまり寂しいとも思わないまま育ち、やがて十四歳になった。

中三の一学期の終わり頃、七月中旬のことだ。

夕方、学校から帰宅したら、天窓から差し込む西陽が何もない三和土を照らしていた。

いつもは家政婦の靴が上がり框《かまち》に踵《かかと》を向けてきちんと揃えて置かれているのだが、今日はそれが見当たらない。

家の中は水を打ったような静けさ。

家政婦は、たぶん近所に食材や日用品を買いに行ったのだ。

そう見当をつけて、台所におやつを物色しに行くと、一組の男女がこちらに背を向けて佇んでいた。

灰色のスーツ姿の男と、コンサバティブなワンピースを着た女だ。

体の線の緩み加減から、後ろ姿を見ただけでも、あまり若くないことがわかる。

来客の多い家だったので、知らない人がいるぐらいでは、さほど驚かない。

しかし、家人に気づけば軽く挨拶ぐらいするものだ。

中学生の奈津実さんですらそんなことはわかる。なんとなく違和感を覚えた。

「……こんにちは」

恐る恐る声を掛けた。

すると彼らは、やけにゆっくりと彼女を振り返った。

その顔を見て、奈津実さんは思わずハッと息を呑んだ。

二人とも顔に生気がなく、ひどく目つきがうつろだったのだ。俗に死んだ魚のような目などというが、まさにそれだった。ことに男の方は、一見、真面目なビジネスマン風の姿だが、頬や顎の筋肉がだらんと弛緩しており、生きている人間とは思われなかった。

女の方は、どこかで会ったことがあるような……いや、気のせいだろうか……。いずれにせよ、こちらも蝋人形か、さもなければ死人のような風情だ。

そんな二人にまばたきもせず見つめられたので、急に沈黙が耐え難く思われてきて、

「あの、母か祖母にご用でしょうか？」

と、奈津実さんは早口で訊ねた。

すると男は、かたわらの女と一回、目交《めま》せをして、おもむろに口を開いた。

「ここで人と待ち合わせをしていたのですが、もう結構です」

陰気な声でそう言うや否や、スーッと玄関の方に向かって歩きだした。

「でも誰かと約束されていたんですよね？　あっ、もしかして家政婦さんと？」

「……いいえ、違います。失礼します」

二人の後について玄関に行くと、さっきは無かった男物の革靴と女物のパンプスが一足

ずつ三和土に置いてあった。

男は下駄箱の端に引っ掛けてあった靴ベラを手に取って、靴を履いた。

そのとき、二人とも手ぶらで、バッグなどを持っていないことに気がついた。

先ほど学校から帰宅したとき、もしも家の門のそばに見慣れない自動車が停まっていたなら、それに乗ってきたのだと推理するところだが、そんな車は見かけなかった。

――いろいろと変だ。どういうこと？　何が起きてるの？

男が無言で女に玄関のドアを開けてやり、女がうつむき加減になって、こちらを振り向きもせずに出ていくのを、呆然と見送った。

次いで間を置かずに男も立ち去り、ドアが思いがけず大きな音を立てて閉まった。

奈津実さんは追いかけようとしかけたが、今の二人が外で待ち構えていたらどうしようと想像して怖くなり、ドアを開けることを躊躇《ちゅうちょ》した。

結局ドアを開けることなく、内側から施錠して、室内に戻った。

それから三十分も経たずに、家政婦が帰ってきた。

「ただいま戻りました」

「おかえりなさい。……ねえ、うちで誰かと待ち合わせした？」

「待ち合わせ？　勝手にそんなこと致しません。何かあったんですか？」

そこで事情を話すと、家政婦は眉間に皺《しわ》を寄せて「泥棒かもしれません」と言った。

「奥さまも大奥さまも、お客さまの予定があれば事前に必ず知らせてくださいますから。それに私は鍵を掛けて出掛けたんですよ？　つまり不法侵入されたってことです！」

家政婦はすぐに母にメッセージを送って事の次第を報告し、了解を得た上で警察に通報した。

ところが、やってきた警察官は奈津実さんの話を疑った。

「空き巣は玄関で靴を脱ぎません。女性を連れているのもおかしなことです。おまけに何も持たずに帰ったんですよね？」

「はい。私が帰ってきたときは玄関に靴も脱いでありませんでした」

「でも靴を履いて帰った、と。昼寝でもして夢を見たんじゃありませんか？　一応この周辺のパトロールをしばらく強化しますが、心配いらないと思いますよ？」

警官たちと入れ違いに母が慌てて帰ってきたが、事情を説明すると母も「ようするに何も証拠がないのね」と言って、肩をすくめた。

「それじゃあ警察に被害届を受理してもらえないでしょうね」

「嘘じゃないよ！」

「だけど、その人たちはあなたを見ても、すぐには逃げようとしなかったんでしょ？　侵入者にあるまじきことよ」

警官や母の言うことはどれも正論で、返す言葉もなかった。

――でも本当なのに。

モヤモヤした気持ちを抱えたまま月日が流れた。

はじめの二、三ヶ月の間は、学校から帰るたびに、あの日の出来事と不気味な男女のようすが想い起されてきた。

だが、日々の忙しさに取り紛れて、高校受験の年でもあったことから、やがて滅多に思い出さなくなっていった。

そして約一年が過ぎた。

奈津実さんは高校生になっていた。

もうすぐ高一の夏休みが始まる。学校生活は充実しており、近頃は例の男女のことなど滅多に思い出さず、もしかするとあれは夢だったのではないかとすら思えてきた。

そんなある日の黄昏どき、学校から帰って応接間のソファでうたた寝をしていたところ、家の駐車場の玉砂利がジャリジャリ鳴る音で目が覚めた。

さっきまで残照が窓を照らしていたと思ったのに、眠っているうちに夜になっていた。

暗い室内を自動車のヘッドライトが斬るように一瞬照らし、聞きなれたエンジン音が耳に届いた。母は自動車通勤をしている。帰ってきたのだ。

不精たらしく電気も点けずにソファに寝そべったまま待っていると、母が応接間のドアを開けた。

途端にキャッと短い悲鳴を上げた。

「奈津実？　帰っていたの？」と、何を怖がっているのか、震え声で訊ねる。

「うん。ここで本を読んでいたら、いつの間にか眠っちゃって……」

「靴は？　玄関に靴が無かったから、部活か何かで、まだ帰っていないんだと思った」

靴が無い？　そんなはずはなかった。

だが、玄関に行ってみると、たしかに無い。

家政婦が片づけたのかもしれないと思い、下駄箱の中や二階の寝室も捜してみたが、どうしても見つからなかった。

「おかあさん、泥棒だよ！　去年の今頃に来た変な人たちの仕業かもしれない！」

けれども、再び警察官に来てもらったものの、またしても真に受けてもらえず、何ら解決しなかった。

「盗られたと思われるものは、通学用のローファー一足だけですか？　眠っている間に玄関から消えていたんですね。この家の家政婦さんが持ちかえったのでは？」

「さっき電話して家政婦さんに聞いてみましたが、玄関にあった私の靴はそのままにして帰ったと言っていました。翌朝にはまた履くので、いつもそうしてもらっているんです」

「そうは言っても、盗れるのは家政婦さんかご家族しかいませんよ？　あるいは、お嬢さんが裸足で帰ってきたか。どこかに捨ててきたり、友だちに靴を盗られたりして……」

結局、このときも誰にも信じてもらえなかった。

それからも、この家ではたまに不思議なことが起きた。あるときは、誰かが玄関のドアを開けて入ってきたような物音がしたのに、行ってみると誰もおらず、鍵も掛かったままだった。またあるときは、和室の縁側を誰かが通りすぎたような気がして、たしかに足音も耳にしたのだが、家じゅう捜しても人っ子ひとりいなかった。いつも決まって、夏の日の夕暮れから夜にかけての、いわゆる逢魔《おうま》が時《とき》にそういうことが起きるのだった。

奈津実さんが二十五歳の八月二日、朝の八時近くになっても母が起きてこなかった。寝室に呼びにいったところ、肌寒いほど冷房がきいた室内で、タオルケットから顔だけ出してベッドに仰向けに横たわっている。

穏やかな寝顔だ。熟睡しているようだ——と、そのときは思われた。

近づくと、母が愛用しているオーデコロンの香りが漂ってきた。よく見れば顔に薄化粧をしている。どんなに忙しくても寝る前に必ず化粧を落とす人なのに。

「おかあさん」

呼んだが微動だにしない。胸が上下していないことに、このとき気づいた。

――息が止まっている！

驚いて肩に取りすがると、タオルケットがずれて変なものが見えた。

寝間着ではなく、最近買ったワンピースを着ている。その襟元から、黒い電気コードがにょろにょろと伸びていたのだ。

震える指でワンピースの前をはだけると、心臓の位置に剥き出しの電線がテープで固定されていた。コードの先はベッドの下に置いた何らかの装置に繋がっている。

母は、タイマーをセットしてスイッチを入れると特定の時刻にコードに通電する仕掛けを自ら作り、睡眠薬を飲んで永久の眠りについたことが、後に検視で明らかになった。

睡眠薬は数日前に母が心療内科で処方してもらったもので、電気コードや工具などを買った家電店のレシートも財布の中から発見された。

また、タイマーは前夜午後七時にセットされていたのだが、この日は家政婦が休暇を取っており、祖母は親戚の家に滞在していて留守だった。

さらに、近頃、奈津実さんは多忙で、家族が寝静まった深夜に帰宅するのが常であった。

つまり計画的な自死に違いなかった。

ただし遺書は残されておらず、自殺の原因は誰にもわからなかった。

その後、奈津実さんは母の事業と家を処分して、マンションで独り暮らしを始めた。

祖母は叔母の家が引き取ったが、一年も経たずに亡くなってしまった。

相続税を支払っても、当分の間、生きてゆくのに困らないだけの財産が手もとに残った。

しかし当時、彼女は虚《むな》しくてたまらなかったという。

祖母も死に、父はどこにいるのかわからない。

絶えず胸の裡《うち》の暗闇に母の白い死に顔が浮かんでいて、気づけば見惚《みと》れている。

そんなとき、行きずりの男と肉体関係を結んだ。

彼女は二十八歳。男は四十代後半で、親子ほども歳が離れていた。

男に抱かれるたびに、顔も知らない父を想った。

付き合いだしていくらも経たないうちに、男が鬱病で、不眠症と希死念慮に苦しんでいることを知った。

「私が一緒に死んであげる」と衝動的に口走ったのは暑い夏の昼下がりのことだ。

「おかあさんは失禁もしていなかったの。香水の良い匂いがする、とっても綺麗な亡骸《なきがら》だった。おかあさんが死んだやり方を憶えているから、私に任せて」

急いで量販店で電気コードとタイマーと工具を買ってきて、男と二人で仕掛けを作った。

男が常用している睡眠薬の残りをそれぞれの掌に山盛りにして、二人同時に一気に呑み下すと、並んでベッドに体を横たえた。

危険な裸の電線の下で心臓が鼓動するのを感じながら目を閉じた。

――逢魔が時にセットしたタイマーが作動して、電撃的な死が訪れた。


精神科病棟で彼女は意識を取り戻した。

退院と同時に自殺幇助《ほうじょ》罪で逮捕されたが不起訴になり、また独りになった。

入院中に、十四歳のとき家で遭遇した不思議な男と女の夢を見た。

奇妙なことに、夢の中で台所に佇んでいるのは、明らかに自分と心中した年上の男と自死した頃の母なのだった。


死んだとき母は五十歳。男の享年は母より少し若いが鬱病のせいで老けていた。

あのとき遭った男女と年齢が合うことに初めて気づくと、不思議な想いに駆られた。

――愛しい母と、かわいそうな男が、仲良く私を迎えに来ていたのだろうか?

男は、母が考案した装置がうまく作動して感電死した。

母は、この家でたびたび怪異が起きていた夏の宵の口をわざわざ選んで命を断った。

ねじれた時間に囚われた死者たち。

図《はか》らずも一緒に逝きそびれた男が、彼女を見つめて口を開いた。

「ここで人と待ち合わせをしていたのですが、もう結構です」

十四歳の夏を生きる少女を目の当たりにして、彼は狼狽《ろうばい》したに違いない。

彼女は、この十四年後に彼を殺す。

母から教えられた方法で。


インタビューのとき、奈津実さんは「五十歳になったら母と同じように逝くという予感がしています」と私に語った。

そして懐かしい家で、母と男に再会するのではないかというのである。

死後の世界には時が存在せず、死者たちがあの家で待ち合わせをしているのだとしたら、つじつまが合ってしまう。

彼女が少女の頃に家で頻発した怪異は、時間を見失った死者の魂の仕業に違いない。

彼女にはもっと長生きしていただきたいと切に願うけれども、いつの日かお亡くなりになったら、懐かしい家で愛しい人たちと落ち合うのだろう。

男が言った「待ち合わせ」を希望したのは誰か？　奈津実さん自身なのではないか。

彼女が生まれ育った豪邸は、彼女の心の奥に往年の姿のまま存在していて、妖《あや》しい夏の逢魔が時を繰り返し迎えているのだ。

住所をインターネットで検索して現在までの状況を調べてみたところ、跡地ではスクラップ&ビルドが繰り返され、今は集合住宅が建っていた。

人の執着の強さに比べたらこの現実のなんと脆弱なことか。

# 異能者の談話

十年あまり怪異の体験者さんたちのインタビューに取り組んでいるうちに、一回お話を傾聴したきりではなく、何度も取材させていただく方たちが現れた。

後者の皆さんを、私は心の中で「リピーターさん」と呼んでいる。

リピーターさんは、現時点で十人あまりいらっしゃる。

男女比は半々で年齢はまちまちだが、八割ぐらいが一種の霊能力をお持ちだ。

これからご紹介するのは、とある女性のリピーターさんからうかがった逸話《いつわ》である。

## ◎人形事件

現在、私は四十二歳で、母は六十歳。二人とも健康で、外で働いて稼いでいます。

うちは物心つく前に両親が離婚して、もう四十年も母ひとり子ひとりの生活を続けてきました。

母子家庭も最近では珍しくないでしょう。でも、私たちの暮らしには、それ以上に想像しづらいところがあるのではないかと思います。

なぜなら、母には霊感が、私には遠視能力が、それぞれ備わっているので。

私の遠視能力については、川奈さんに以前インタビューで打ち明けましたよね。

今回は母の霊感に関するエピソードを、いくつかお話し致します。


これは、私が五歳の頃の出来事です。

――母の二十年来の親友のAさんは、当時まだ独身で、国内旅行が趣味でした。

母はかねてからAさんの土産話を聞くのが好きで、Aさんの方でも旅先から帰るとすぐに母のところに来てあれこれと話すのを愉しみにしていたようです。

そのときは、Aさんは秋の京都を旅行して、古い市松人形を買ってきていました。

母にくれたわけではなくて「自分で自分にプレゼントした」と言って……。

なんでも、二階建ての自宅をリフォームしたから、そのお祝いのつもりだとか。

「私も工事代金を援助したんだよ」と母に自慢していましたが、実際のところ代金の大半は同居する祖父母と両親、それから彼女の兄が負担したようですね。

Aさんの家は大家族でした。両親、祖父母、兄、そして二人の弟。彼女を入れると八人で、全員が一軒の家に住んでいました。

家を全面的に改装したので、新しい飾り物を置きたくなったわけでしょう。

「二階もすっかり綺麗になって、廊下の突き当たりに大きな出窓があるの。そこに置いたらいいんじゃないかしら。立派な市松人形なのよ」

Aさんは上機嫌でこう説明しましたが、そのとき母は、心に墨を一滴落とされたかのように感じたそうです。

でも親友が嬉しそうにしているのに水を差すようなことも言えなかったとか……。

と、こんなふうに私がお話しすると、「講釈師、見てきたように嘘をつき」と揶揄《やゆ》したくなるかもしれませんが、これは私の能力に因《よ》るものです。

つまり私は、人の話を聞くと、その人が見聞きした事実を頭の中で映画のように再生することが出来るのですよ。

さらに、話者の記憶を仲介することで、話の中に登場する第三者が体験したことも、私にはありありと視えます。

だから、この場合には、母の記憶をステップボードにすれば、Aさんの体験にジャンプして読み取ることが可能なわけです。

——では、心の眼、心眼《しんがん》を使って、Aさんが見た状景を拝見しましょう。

私の心眼に映るAさんの市松人形は、いわゆる「二つ折れ人形」とも呼ばれる、腰のところで直角に折り曲げてお座りさせられるタイプでした。

たしかに立派なものですね。全長五、六十センチもあります。

アンティークのようですが、少しも傷んでいません。顔や手も綺麗です。

たぶん何度か修復をしたり胡粉《ごふん》を塗り直したりしたはずで、目立つ汚れや疵《きず》はないのに、一見して古いとわかるのは不思議なものです。目が小さくて鼻が丸い、現代人の価値観に照らすと微妙に可愛くない顔立ちをしているせいかも……。

造作の古めかしさから推せば、戦前に作られたものでしょうか。何世代かにわたる人々の手から手へと時代を経てきた人形に特有の仄暗い凄みが漂っています。

でも着物は新しくて清潔そうです。華やかな友禅の振袖に金襴緞子《きんらんどんす》の帯を締めて、赤い帯揚げをふんわりと結んだようすは、たいへん豪華で見栄えがします。

漆黒の髪の毛は人毛と思われますが、不潔な印象はありません。前髪は眉毛の上で横一文字に、それ以外は肩のところで切り揃えられた、市松人形によく見られる髪型です。

Aさんは、事前に母に語ったとおりに、それを二階の廊下の出窓に飾りました。

ところが、そこに人形を置いた日の晩から、家族が一人、また一人と階段で足を滑らせて転がり落ちるようになりました。

最初の犠牲者は末の弟。

この子はまだ小学校の高学年でした。体重が軽くて全身が柔軟なせいか、階段の踊り場から下まで勢いよく落ちたというのに、ほとんど怪我をしませんでした。だから当人が「なんでコケたのかな?」と不思議そうにしても、誰も落ちた原因を追及しなかったのです。

次は、大学に通っている次男坊、つまりAさんのすぐ下の弟が落ちました。

彼は膝と腰をしたたかに打って巨大な青痣《あおあざ》をこしらえましたが、小さな頃から人一倍活発で生傷の絶えないたちだったので、これも不審には思われませんでした。

しかし、その次は彼女の父、また次は兄、そして母、さらには祖母が……という具合に犠牲者が増えるにつれて、みんなの受け止め方が変わっていきました。

だんだんと怪我の程度が重くなっていったせいもあります。

父は右眉の辺りに打撲傷を負い、一時的にですがお岩さんのような顔に……。

会社員の兄は両脚の弁慶の泣き所を深く擦りむいて激痛のあまり悶絶し、二日も仕事を休みました。

母は足首をひどく捻挫《ねんざ》して、しばらくギプスと松葉杖の世話になることに。

祖母に至っては脚の骨が折れて入院してしまい、これらのことが、ほんの一ヶ月ぐらいのうちに起きたものですから……。

「どうしたって変よ」と、Aさんの母は言いました。

夕食の最中でしたが、祖母の姿はありません。父は顔を腫らし、母の椅子には松葉杖が立てかけてありました。なんとなくみんな憂鬱な表情をしています。

Ａさんは、祖母が入院している病院から帰ってきたばかりでした。

「さっき、病院でおばあちゃんも変だって言ってた。祟りが原因だと思うって」

次男が彼女に訊ねました。「おばあちゃんは、どうして階段を上ったんだろう？」

当然の疑問でした。祖父母の部屋は一階にあり、滅多に階段を上りませんから。

「あのお人形を、あらためてよく見てみたかったんだって。出窓に飾る前にみんなに見せたけど、あのときはじっくり観察できなかったからって。おばあちゃんは足腰が丈夫じゃないんだから、私に言ってくれたら持ってきてあげたのに」

「……あの人形に引き寄せられたんだよ！」

母がこう言って、ブルッと肩を震わせたので、Ａさんは顔をしかめました。

「バカなこと言わないで。ふつうの人形だよ」

「でも、救急車で運ばれるとき、おばあちゃん言ってたよね？」と末っ子が口をはさみました。「階段を下りるとき手すりを掴んでいたのに、途中でめまいがしたと思ったら、段を踏み外していたって。それって僕のときと一緒だ！　僕も頭がクラクラして気づいたら転げ落ちていたんだから！」

「俺もそうだよ」と次男。「この俺が、めまいなんか起こすかよ。何かおかしいよ」

すると兄が――この人は四角四面な性格で日頃はあまり冗談も言わないのですが、真面目な表情で全員を見渡して、「あの人形の髪、誰かが階段を転げ落ちるたびに少しずつ伸びてないか？」と言ったのでした。

「そうよね？　気のせいかと思っていたけど、やっぱり伸びているわよね？」

「よしなさい。母親のおまえが、そんな下らないことを言うもんじゃない」

「でも本当だもの……」

「やめなさい」

そのとき祖父が「まあまあ」と夫婦の間に割って入りまして、

「みんな、あらかた食事は済んでいるようだ。Aちゃん、今、二階に行って人形を持っておいで。髪が伸びているかどうか検分してみようじゃないか」

「階段から落ちるなよ」「おねえちゃん足もとに気をつけてね」

行きしなに弟たちがそんなことを言ったものですから、このときまで祟りなんて信じていなかったAさんまで不安になりました。

しかし幸い彼女は転がり落ちることなく、無事に人形を持ってくることが出来ました。

そして、怖いことには……。

「最初は肩先で切り揃えられていたよね？」と兄に指摘されると、うなずくしかありませんでした。

人形の髪は、今では帯揚げに掛かりそうなほど伸びております。

これでは、Aさんや父も、これがただの人形ではないことを認めざるを得ません。

「買ってきた責任がある。おまえがなんとかしなさい」

「なんとかって何？　高かったし気に入ってるから捨てるのはイヤなんだけど……」

そのときAさんの脳裏に天啓のように閃いたことがありました。

「そうだ！　あの子に視てもらおう！　みんな知ってるでしょ？　ほら、霊感のある、中一のときから親友の……」

私の母の霊感は、Aさんの家族にもよく知られていたようです。母は今までにAさんの家に何度も遊びに行ったので、何か不思議な業《わざ》を見せたことがあったのかもしれません。


母がAさんに呼ばれて行ったのは、二日後の夕方のことでした。

訪ねていくと、ピカピカにリフォームされた家の、門の外でAさんが待っていました。

「まるで新築のおうちみたい。見違えるようになったね」と母は言いながら、ふと、家全体を灰色の靄《もや》のようなものが覆っていることに気づき、ギョッとして足を止めました。

「どうしたの？」

「Aちゃん、いったい何が起きているの？」

教えてもらうまで門から一歩も中に入らないつもりでそう訊ねると、Aさんの方でも察したようで、手短にこれまでの経緯を母に説明したのですが。

実は、人形の髪が伸びていることを家族で確かめたときから、母が訪れたときまでの間に、Aさんの祖父も階段から転落していたのでした。

「二階から、おじいちゃーんと呼ばれた気がして上に行ったのに誰もいなくて、廊下の出窓に置かれた人形が急に怖くなってきたから急いで階段を下りかけたら……。頭を強く打って、最初は意識がなかったの。もう目が覚めたけど当分の間は入院することに……」

「だったら、階段からまだ落ちてないのはAちゃんだけじゃない！　そんな人形、手放した方がいいよ！」

「そう？　でも捨てたくないんだよね」

「何を言ってるの。みんな、だんだん怪我が重くなっているよね？　次に落ちたら……死ぬよ。」

とまでは母は言いませんでしたが、Aさんにも事態の恐ろしさは伝わったはずでした。

ふつうの精神状態ならば。

しかしAさんは恐れるどころか、夢みるような眼差しを家の二階の方に向けて、

「だけど気に入ってるんだもぉん。出窓に置いたようすが凄く素敵なのぉ」

と、酔ったような口調で言っただけでしたから。

母は、Aさんは人形に魅入られているのだと直感しました。

そこで、人形に憑いているものと話し合って、悪さをしないように説得できるのではな

いかと考えたようです。あるいは出て行ってくれとお願いできないか、と。

「とりあえず、お人形と話し合ってみるよ」

けれども、そう言って、玄関から中へ一歩足を踏み入れた途端、たちまち体がズシンと重くなり、凄まじい冷気に全身を押し包まれるのを感じました。

その重さ、冷たさは、怨霊が放つ悪意に因《よ》るものでした。

Aさんには、それが感じられないようなんですね。

さっさと靴を脱いで上がると「こっちよ」と階段の方へ手招きします。

「ごめん。私は行けない」

「なんで？　ああ、階段が怖いんだね。わかった。お人形を持ってくるから、リビングで待っていて。そっちだから」

仕方なく指差された方へ行くと、モダンに改装されたリビングルームがありましたが、家を押し包んでいたのと同じ灰色の瘴気《しょうき》がここにもうっすらと漂っていました。

Aさんが市松人形を抱えて戻ってきたところ、さらに空気の毒気が濃度を増したかのような気がして、母は思わず咳き込んでしまったそうです。

「どうしたの？　大丈夫？　ほら、この子よ。いい人形でしょう？」

古めかしい市松人形ですが、ふつうの人なら、見ても別になんとも思わないのかもしれません。

ですが、母の心眼には、人間たちに危害を与えたことで自信を持ち、醜《みにく》くうぬぼれている人形の真実の顔が映りました。

同時に、その内に秘めた強大な負のエネルギーも感じられたので、

「私の手には負えない」と思わず後ずさりしながらAさんに告げました。

Aさんは「そう言われそうな気がしてたわ」と応えて、探るような眼差しを母に向け、

「だからプロの人に来てもらう手配をしたんだよ」と言いました。

母は「プロの人」という言い方から良い印象を受けませんでした。

「名の通った神社かお寺でお焚き上げしてもらった方がいいよ」

私は、原則として霊能者は信じない方がいいと思っていますが、母も若い頃から同じように考えていたとのこと。

自分にも霊能力があるのにどうして？　と、不思議に感じる方もいるかもしれませんけど、自分に力があるからこそ、インチキが如何《いか》に多いか、私たちは知っているのです。

でも、Aさんは「この子を焼くなんて！」と鼻息荒く母に言い返しました。

「そんなひどいこと出来ないよ！　心配なら、お祓いのときに立ち会ってよ。とにかくお焚き上げだけは絶対イヤなの！」

——こういうわけで、お祓いの当日に、母は再びAさんの家を訪ねるはめになりました。

その日は、Aさん以外の家族は用事やら入院中やらで出払っていました。

静かな家に魔の気配が濃く漂っています。

人形は、あらかじめリビングルームに運び込まれて、ソファに座らされていました。

なんと、先日見たときよりも明らかに一回り大きくなって……というのは母の心眼にはそう見えたということなのでしょうが……。

母は、同じ部屋にいるだけで全身に鳥肌が立って、自ずと手足が細かく震えてくるのを覚えました。

人形はどうもこちらのことを意識しているようで、気づけば、九十度近く頭を巡らせて、はっきりと視線を向けてきていました。

つまり顔の向きがひとりでに変わっていたのですが、Aさんは、それについて何も言いませんでした。

気にならないのか、気づかなかったのかわかりません。

もしも人形が動いているのに気がついていて何とも思っていないとしたら、非常に怖いことです。

Aさんはごく自然な動作で人形の隣に座りました。

母がこの前よりもいっそう恐ろしい思いをしながら待っていると、ほどなくして三人の人物がやってきました。

三人とも男性です。揃って黒い法衣を着ており、二人は二十代、一人は五十代ぐらいで袈裟を付け、他の二人からセンセイと呼ばれていたとのこと。

当時の母は宗教儀式に疎く、この話を私にしたときには「仏教のお坊さんのようだった」と申しておりましたが、今、私が心の眼で視たところでは、真言宗の阿闍梨《あじゃり》と弟子二人のような感じを受けます。真言密教系の寺院には、師僧が弟子を連れてお祓いに出向くところもあるようですし。

母は人形に怯えながらも、そこは若さゆえの好奇心もあり、また、後学《こうがく》のためというつもりもあって、興味津々、三人組の仕事を見物しようと思っておりました。

ところが、リビングに即席の祭壇を作って準備を整え、いよいよ人形を祭壇に据えて儀式を始める段になると、Aさんと二人、廊下に閉め出されてしまいました。

「危険ですから中に入ってこないでください」

センセイはこう言って、リビングルームのドアを閉めました。

でも、このドアにはガラスが嵌《はま》っていたので、室内のようすを眺めることが出来たのですよ。そこから中を覗き込んでいたところ、読経が始まり、やがて家具がガタガタと揺れ動きはじめて……。

最初は地震かと思いましたが、立っている足もとの床やドアは少しも揺れておりませんでした。

リビングルームの中だけで、家具や調度品、照明器具が、ひとりでに動いています。

しかも、それらの鳴動はみるみる凄まじくなってきました。

書棚から本が、ストンと一冊落ちた……と思う間もなく、ストトトトトッと端から順に床に落ちる、天井から下がったペンダントライトが振り子のように大きく揺れる、ついにはソファからクッションが浮き上がって宙をブンブンと飛び回りだす……。

しかし、小一時間も経った頃、急に異変が鎮《しず》まって、嘘のように静かになりました。

「もういいですよ」と呼ばれて母たちが部屋に入ると、一抱えもある端正な白木の箱が祭壇の前に置かれていました。

蓋に何か呪文が書かれた札が貼られ、その上からしっかりと紐が掛けられております。

「ここに悪霊を封じました。我々が責任を持って当寺で保管しますから……」

「ちょっと待ってください！　中に私の人形が入っているんですよね？　お寺に持っていくなんて聞いてません！」とAさんは色めき立ちましたが、

「あきらめてください」とセンセイに一蹴《いっしゅう》されてしまいました。

「ご自身と大切な人たちを守るためです。あなたは知らずに悪霊に呼び寄せられやすいたちですから、今後、人形は禁物だと心得るように。いいですね？」

Aさんは、たいそうがっかりしていたそうです。

しかし、人形の箱を携えた三人組を玄関で見送った後は急速に落ち着きを取り戻し、二、三分も経つと、すっかり踏ん切りがついたようすで、「部屋を片づけなくちゃ。手伝ってくれる？」と……。

このときのAさんの変化を、母は「憑き物が落ちるとはこのことだと思ったよ」と話していました。

――これで一件落着したと思いますよね？　母も安心していました。

ところが、その晩、ひどく寝苦しくて目を覚ますと、あの市松人形が胸の上にどっかりと座っていたのでした。

暗闇の中で白い顔が霞《かす》むように発光しており、両眼は生きた人間の目そのものです。

そして、驚愕のあまり息を呑んだ母に向かい、そいつは赤い口を開けて高笑いを放ったそうですよ。

「キャハハハハハッ！　アハハハハハハハッ！」

不気味を極めるにも程があるのですが、童女のなりをしているのに、声は、そのときの母よりも年かさの女のそれでした。

「……あ、あっちに行けぇ！」

必死で両手を人形の方に突き出すと、たしかな手応えと掌にざらりとした帯の感触があった……と思ったのは気のせいではなかったはず。

でも、質量をそなえた物質にしては異様に軽々と人形は天井の方へ飛びあがり、おまけにスウッと闇に溶け込んで姿を消してしまったのでした。

それっきり現れませんでしたし、Aさんも、あれから人形の類は身辺から遠ざけて、家族の怪我もおいおい治り、今日まで無事を通しているので、もう本当にこの件は終わったのでしょう。

ただし、あの市松人形は此の世《このよ》から消えたわけではなくて、どこかのお寺で眠っているだけなのですよね。いつかまた封印が解かれて暴れ出さなければいいのですが。

## ◎愛しのビンゴ君

これは、およそ十年前に始まって、未《いま》だ決着がついていないお話です。

約十年前のその朝、母が、こんな奇妙な文句をつけてきたのが始まりでした。

「あんたのアレのいびきが夜通しうるさくて、よく眠れなかったよ」

「アレって何?」と私は問い返しました。

「昨日、死んだって言ってたでしょ」と母は答えました。

「ああ、なんだ。ビンゴ君のこと? そんなの夢にきまってるじゃない」

このとき、私は母を笑い飛ばしました。

だってビンゴ君は、ぬいぐるみですからね。同じ型番の商品がゴマンと流通している工業製品で、購入した時は新品でした。

私は海の生物が好きで、昔から方々の水族館によく足を運んできたのですが、数年前に鴨川シーワールドでシャチのビンゴ君に出逢って、一種の恋に堕ちまして……。

漆黒のボディに純白の斑も鮮やかな、日本最大のシャチ、ビンゴ君。

八〇年代半ばから二〇〇〇年代初め頃までの彼の人気は絶大で、以前はさまざまなビンゴ君グッズが売られていたものです。

このぬいぐるみも、その一つでした。

五年ほど前に発売されるとさっそく買ってきて、全長八十五センチと抱き枕に適した大きさでしたから、以来、毎晩これを抱いて寝ておりました。

恋人も同然と言えば変態扱いされそうですけど、実際、家にいるときは常に隣にはべらせ、汚れてくると一緒にお風呂に入って手洗いしてあげてきたものです。

しかしながら残念なことに現身《うつしみ》のビンゴ君は亡くなり、前夜、彼の訃報がテレビのニュース番組で流れたのでした。

「あんたが可愛がりすぎたせいで、死んだシャチの魂がぬいぐるみに入ってしまったに違いない。そのビンゴ君とやらは雄だったんでしょ？　私が聞いたのも男のいびきだった」

「おかあさん、いい加減にして」と私は呆れました。

ところが、その翌日の深夜、私自身も、彼の大きないびきに叩き起こされたのです。

ゴーッ、ゴーッと、地の底から響いてくるかのような低音の大音声《だいおんじょう》。それが、私の隣に横たわっているビンゴ君から聞こえてくるではありませんか。

ぬいぐるみに耳を押し当てて確認したから間違いありません。ビンゴ君は全身を細かく振動させながら、いびきとしか思えない音を発しておりました。

いつのまにか母が私の部屋のドアを開けて顔を覗かせていて、目が合うと、

「でしょう?」と勝ち誇りました。

素直にうなずくしかありませんでした。

やがてビンゴ君は静かになりましたが、その後も、たまにいびきをかきましたし、それは十年この方、やまなかったのです。

いびきだけじゃありません。ちょっとした声を発して意思表示することもあるのです。

ほんの数日前にも……。

そのとき私はまだ仕事から帰っておらず、家には母と母の姉、つまり伯母がおりました。母と伯母は仲の良い姉妹で、ときどき泊りがけで家を行き来し合っているのです。

時刻が宵の口に差し掛かると、二人は夕食の支度を始めることにしました。

「ヨッコイショ!」

「おねえちゃん、その掛け声、年寄り臭い」

「トシだもん、しょうがないよ。テレビも最近はダメ。知らないタレントばっかりで」

「じゃあ、テレビ消す？　料理作ってる間に音だけ聞くかな、と思ってたんだけど」

「あんたがいいなら消しちゃって」

伯母がそう言ったので、母はリモコンでテレビをパチッと消しました。

すると、その直後に、ソファの隅に置いてあったビンゴ君が「アーッ」と抗議の声を上げたとのこと。

しばらくして帰宅すると、母と伯母が私を待ち構えておりまして……。

「おじいさんの声だった。ビンゴ君は死んだとき年寄りだったんでしょう？」

「テレビを勝手に消したから怒ったんだ。また点けてあげたら満足そうに黙ったよ」

「あんた、いい加減に捨てたらどう？　お焚き上げしたら？」

私は黙って首を横に振りました。

ビンゴ君の魂がおじいさんでも構いません。今後も大切にしようと私は思っています。

十年もこんなことが続いたので、近頃では母も少しは慣れてくれたようですし、死ぬまで彼を手放さないつもりです。

## ◎私の生霊

私たち親子の能力は、世間では受け容れられないでしょう。

遠視や霊感なんて本気で信じる人の方がどうかしていると私も思います。信じさせようとしている自称霊能力者が胡散臭《うさんくさ》い人間ばかりなことにも、心底うんざりしています。

目立ちたくないんですよ。静かにひっそりと生活していければいいんです。

でも、だからこそ、母は私の力を信じ、私もまた母を疑ったことがありません。

たとえば、これまでに母が語った私の生霊の話も、すべて信じています。

無意識のうちに魂が分裂して、片割れがさまよいだす。それが生霊です。

母が「あんたの生霊に会った」と言えば、私はそれを信じます。

――母が私の生霊に初めて逢ったのは、私が小学校に上がって間もない頃でした。

当時、私はアパートの奥の和室に独りで寝るようになったばかりでした。

小学生になったのを機に子ども部屋を与えられた次第です。

とはいえ、貧乏暮らしでアパートは二間しかありませんでしたから、母は玄関に近いお茶の間に寝るしかありません。

保育園の頃のように奥の部屋で一緒に寝たかったのですが、母は頑固でした。

「これからは何でも自分で出来るようになりなさい。夜、おしっこをしたくなったら、オネショをせずにトイレに行くのよ？　そのときも、おかあさんを起こさなくていいんだからね？　もう小学生なんだから、頑張ってごらん」

当時は、しょっちゅうそんなことを言われていたものです。

さて、その晩、夜の十一時すぎのことです。

母がそろそろ眠ろうと思って、枕もとの明かりのスイッチに手を伸ばしかけたタイミングで、奥のふすまがスーッと開きました。

見れば、パジャマを着た娘——私が、眠そうに目をこすりながら立っています。

そしてトコトコと母の蒲団《ふとん》の足もとを通り抜けて、廊下に出ていきました。

トイレに行くに違いないと見当がつきますよね。

戻ってきたら「オネショしなくなってエライね」とほめてあげよう。こう母は思って私を待ちました。

ところが一向に戻ってこない。

そればかりか、水洗のジャーという音も聞こえてきません。

そこでトイレを見に行くと、もぬけの殻。

辺りはシンと静まり返っています。

なにしろ狭いアパートでしたから、私が玄関から外に出たり、浴室に行ったりすれば、すぐに物音でわかったはずです。

もしやと思って奥の和室を見に行くと、私は蒲団の中でぐっすり眠っておりました。

「……それから一、二年の間は同じことが何度もあった。その頃のあんたは、オシッコのときはトイレに行かなきゃいけないと自分に言い聞かせながら寝ていたんだろうね。だから無意識のうちに生霊を飛ばしたんだ。生霊も幽霊と同じで、ふつうは視えないものなんだろうけど、私には視えた。眠たそうにトイレに行くあんたの生霊はとっても可愛かったから、出ないようになったときはちょっと残念だったよ」

でも母によれば、夜中にトイレに通うことこそ止んだけれど、それ以降も私は、さまざまなシチュエーションで生霊を飛ばしてきたとのこと。

今から数ヶ月前のある日には、いつものように出勤した私が、まだ正午を過ぎたばかりだというのに家の玄関に現れ、母に「ただいま」と言って靴を脱ぎだしたといいます。

「どうしたの？　具合でも悪いの？」

母が心配すると、私は憂鬱な表情で「違うけど……」と曖昧な返事を寄越しました。

たぶん職場で何か良くないことがあったのだ。こういうときは自発的に打ち明けてくれるのを待った方がいい。

母はそう考えて自室に引っ込みました。

しかし、それから小一時間すると再び玄関に私が現れ、暗い顔で「ただいま」と言って靴を脱ぎだしたのです。

母が呆気に取られて眺めていたところ、私は目の前を通り過ぎて寝室に行きました。パタンと戸が閉まる音でハッと我に返りまして、今閉じたばかりのドアの把手に飛びついて、大きく引き開けましたが、部屋には誰もおりませんでした。

「窓も内側から鍵が掛かっていたから、密室からあんたが消えたことになる。そんなわけがないから、生霊だとわかったの。その後も一時間おきぐらいに鬱陶しい顔をして帰ってきたのには呆れたよ。〝本体〟がうちに帰ってくるまで、何も手につかなくて困ったわ」

「しょうがないじゃん。不可抗力だよ。あの日は同僚が仕事でミスをして、職場が凄く厭な雰囲気になって、早く帰りたいと思いながら、ずっと時計をチラチラ見てたんだよ」

六時頃には正真正銘の私〝本体〟が帰宅しましたが、それまでに五、六回は現れたということです。

あの日、私がどれほど本気で帰りたがっていたかわかろうというものです。

こんな調子で、私の生霊エピソードは数々あります。

母がいちばん気に入っているのは、母が交通事故で両脚を骨折して外科に入院していたときのことだとか……。

当時、私は中学生で、すでに家事や炊事はひと通り出来たけれど、母がいない夜はやっぱり心細かったんですよね。

ことに、事故があった当日は。

救急車で運ばれるときの母の顔は真っ青で、今にも死にそうに見えましたから、命に別状がないとわかっていても怖かったものです。

――おかあさん、ちゃんと眠れているといいな。骨が早くくっつきますように。

蒲団の中で手を合わせて祈り、ベソをかきながら、今夜は寝れないだろうと思いました。でも、そこはそれ、成長期の子どもですから、いつのまにか眠りに落ちたのです。

と、同時に、私の生霊が母の枕もとに生霊になって現れたそうで……。

翌日、病院にお見舞いに行ったときに、少し顔色が良くなった母から聞かされました。

「あんたは、ゆうべ遅くに枕もとに来て『おかあさん』と呼んだんだよ。目を覚ましたら、なんとも悲しそうな顔をしてそこに立っていたから、ああ、ひとりぼっちにして心細い思いをさせてしまったと思って……。腕が無事で良かったよ。ベッドから手を伸ばしてあんたの手を握ってやれたから。あんたの生霊の手、驚くほど冷たかったよ。胸もとに引き寄せて手の甲をこすって温めてやりながら、『独りで来てくれたの、ありがとうね』と言ったら、大粒の涙をポロポロこぼしながら消えたんだよ」

朝起きたとき枕がひどく湿っていたことを、私は思い出しました。

# 蛇と水子の祟り

その日、僕は恋人とカフェでランチを食べた。僕たちは二人とも社会人になって五年ぐらい経っていたし、つまらない冗談を言うたちではなかった。

どちらも目立つことは嫌いで、騒がしい振る舞いを軽蔑していた。

特に僕は、やや非常識な親に育てられたから、ふつうでいることに強いこだわりがあって、彼女もそれをわかってくれているはずだった。

秋晴れの休日に都心のカフェでデートをするカップルは、ふつうだ。

店内には、僕らみたいな男女が他にも何組もいた。量産型だ。僕は安心しきっていた。

だから彼女が食べる手を止め、僕の顔を見つめて、こう言ったときには驚いた。

「おでこから蛇が出てる」

僕は「は？」と問い返すと同時に、反射的に自分の額を押さえた。

もちろん蛇も何も出ていなかった。

「ん？」とぼくは訊ねて、あらためて彼女の表情を観察した。

彼女は心持ち蒼ざめて、明らかに動揺していた。目を見開いて頬を引き攣《つ》らせている。

「蛇がこっち見てる！　嘘でしょ！　怖ッ！」

ガタガタと椅子を鳴らして彼女は席を立った。僕も慌てて椅子から腰を浮かした。

「待ってよ。なんなの？　何言ってるの？　蛇って？　えっ？　ちょっと！」

僕が立ち上がったときには彼女は自分のバッグを引っ掴んで出口の方へ小走りに去っていくところ。

ウェイトレスさんや周りのお客さんたちから冷たい視線が飛んできて、僕を羞恥でハチの巣状態にした。なんてことだ。最高に平凡な週末のお昼が台無しだ。

僕はとりあえず会計を済ませた。

カフェの外で彼女が待っていてくれるのでは、と、淡い期待を抱きながら。

でも、そういうことはなくて、ただスマホにメッセージが届いただけだった。

《ゴメン！　オデコからヘビって言ったのはホントだから》

僕は《そういう問題？》と返して、すぐに《わけがわからない》と追加した。

すると少しだけ間があって、《私、霊感みたいなのがあるんだけど、ウザいと思われそうで今まで言えなかった。こんどゆっくり話すよ。今日は帰らせて！　イヤな予感がするから事故に気をつけてね！》と一気に返信が来た。

僕は苛立ちとモヤモヤを抱えたまま、することもないので真っ直ぐ帰宅した。

帰ると母は出掛けていて、家には誰もいなかった。

家というのは、僕が大学四年のとき父が失踪して以来、母と二人で暮らしているマンションのことだ。

母は若い頃からファッションモデルをしている。モデルとしては優秀な部類なのだと思う。雑誌やテレビCMにコンスタントに出ていて、曜日に関係なく仕事が入っている。

だから、そのとき僕は母が留守でも気にしなかったし、夕方の六時ぐらいになって顔見知りの近所のおばさんがインターフォンを鳴らしたときも、「すみません。母は出掛けているんですが」と応えた。

てっきり、母を訪ねてきたのだろうと思ったのだ。

だが、おばさんは「違うのよ！　違わないけど、そうじゃなくて！」とインターフォンのモニター画面の向こうで騒いだ。いつもはウサギみたいに大人しい人なのに。

今日はみんながおかしくなる特異日なのだろうか。

そんなふうにうんざりしかかった次の瞬間、恋人のメッセージにあった《イヤな予感》という言葉が胸をよぎった。

「今、開けます」と僕はおばさんに答えた。

ところがおばさんは「開けなくていいの！」と大声を出した。

「おかあさんが目の前でバイクにバーンてヤられて倒れてるの！　早く来て！」

そんな次第で駆けつけてみると、母がマンションのそばの路上に倒れて気絶していた。大ぶりなアクセサリーをじゃらじゃら付けて、スタイリッシュなレザーの上下にピカピカのロングブーツといういで立ちで。

かたわらに自動二輪車が横倒しになっており、そのそばに灰色のビジネススーツの男性がいた。

きちんとネクタイを締めてバイク用のヘルメットを被っている。

彼は携帯電話で話をしている最中だった。

「……ハイ、すみません、ですので直帰と申しますか警察署に行くことになるかと。ハイ、申し訳ございません。エエ、ハイ、誠になんとお詫びしたら……」

この人は、通話を終えるとガバッとヘルメットを脱いで僕に向かって頭を下げ「このたびは申し訳ございませんでした！　自分で通報させていただきました！　すぐに救急車も来ると思います！」と、一息でまくしたてた。

間もなくパトカーと救急車が来て、たぶんサイレンの音が刺激になったのだと思うが、母は意識を取り戻した。すると、知らせてくれたおばさんは「私はたまたま通りかかっただけだから。どうぞお大事に」と母に言って、そそくさと立ち去った。

母は、僕の顔を見るなり、地面に寝たまま「踵《かかと》から着地したの」と言った。

母の踵の骨はブーツの中でぐしゃぐしゃに砕けていた。

左右の踵が両方とも複雑骨折していたのだ。膝や腰も傷めていて、完治には数ヶ月が見込まれ、後遺症が残る可能性もあった。

母の職業にとっては致命的な大怪我である。

不幸中の幸いは、加害者の男性が誠実な人で、尚且つ大手金融機関の正社員であったことから、充分な治療費と多額の慰謝料が母に支払われたことだ。

加害者本人のみならず上司まで入院中の母をお見舞いに来た。

母は都心の大病院で高名な医師に診てもらい、最新の医療技術を用いた手術を受けた。

だが、なかなか治らなかった。

両足の踵の骨がいつまでも不安定なままだった上に、足首から下が麻痺してしまい、半年近く経っても快復する気配すらなかった。

母は車椅子の生活を強いられて、すっかり落ち込んでしまった。

挙句の果てに霊能者に霊視してもらうと言いだした。

「霊障のせいで怪我が良くならないのかもしれないじゃない？」

藁にもすがるとは、このことか。

僕は心の底から母に同情して「視てもらいなよ」と言った。

すると母は「そういうの嫌いかと思ってた」と応えて、車椅子の上から僕を見た。

そこで僕は初めて「蛇が僕のおでこから出ていたんだって、事故のあった日に彼女に言われた」と母に打ち明けた。

「蛇が……。そう……」

母は急に遠い目になり、こんな話をしてくれた。

——母が小学四年生の頃のこと。

母の生家は広島県内のとある村で農業を営んでいた。

母は九人きょうだいの末っ子で、兄や姉と野山や田んぼのあぜ道で遊びながら育った。

その頃、一家の田んぼに大きな蛇が棲みついた。

母の父、つまり僕の祖父は、なぜそんな方法を採ったのかはわからないが、その蛇を耕運機か何かに積むバッテリーを利用して、感電死させることにした。

決行の日、水田には鮮やかな緑の稲が生えて、夏風にさやさや揺れていた。

母ときょうだいたちは、あぜ道で固唾を呑んで父の蛇退治を見守った。

田んぼに張られた水に電気を流した直後、大蛇は水面から高く跳ねあがった。

驚愕する一同の前で、それは水しぶきを上げながら宙を飛び、母の真ん前に墜落した。

そして、鎌首をもたげて母をキッと睨みつけると、急に力を失って、ぐんにゃりした。

絶命したのだ。

途端に母は失神し、気づいたときには座敷で蒲団に寝て、高熱にうなされていた。

それきり、三日三晩、熱が下がらなかったので、母の家では、村の慣習にならって拝み屋を招いて、母を霊視してもらった。

拝み屋は、「この家の主人が殺した蛇は家の守り神だった。娘を救うには蛇の御霊《みたま》を丁重に祀《まつ》るしかない」と家人らに告げた。

両親、ことに蛇殺害の張本人である父は、蛇神を神棚に祀り、一心に赦しを乞うた。するとと母はすぐに元気を取り戻したのだが、それ以来、自分は蛇に取り憑かれていると心の中で密かに信じてきたのだという。

母は実際に霊能者に視てもらった。

託宣《たくせん》を受けるときは僕も立ち会った。

知り合いの芸能人から紹介してもらったというその霊能者は、驚くべきことを僕たちに告げた。

「この方の両足には、亡くなったごきょうだいの霊がそれぞれ一人ずつ憑いています。神棚に幼い子どもが好みそうなお菓子をお供えし、毎日欠かさず般若心経を唱えてご供養に努めてください。お盆のお墓参りも忘れずに。そうすれば遠からず必ず治りますよ」

「死んだきょうだい？　私の兄や姉たちは、みんな健在ですよ？」

母方の伯父や伯母は八人とも元気で、幼くして亡くなったきょうだいがいるという話も聞いたことがなかった。

僕たちが知らない、内密に葬られた水子が母のきょうだいに二人もいるのか？

広島の祖父母は他界しているが、伯父や伯母に電話かメールで問い合わせれば、すぐに確かめられるかもしれなかった。

けれども、お盆でみんなと顔を合わせたときに直接聞いてみたいと母は言った。

僕と母は、それからは毎朝、般若心経を唱えて、神棚にお菓子を供えつづけた。

すると驚いたことに、霊能者が約束したとおり、母の両足は驚異的な速さで快復して、なんと一ヶ月足らずでスムーズに歩けるようになってしまった。

八月、盆の入りに僕と母は広島県の母方親族の墓参りをした。

伯父や伯母も全員集まっており、菩提寺《ぼだいじ》で読経してもらってから揃って墓参りをした。

そのとき母がこれまでの出来事をみんなに話した。

亡くなったきょうだいがいるらしいと聞いて、みんな首を傾げていたが、最年長の伯父だけは違った。うなずきながら母の話を聞き終えると、彼はおもむろに口を開いた。

「今んなってそがいな話をすることになるたぁね。わしはかあちゃんから聞いて知っとった。わしの上に生まれてすぐに亡くなった長男と長女がおったんじゃ。かあちゃんは、子どもらん中では、わしにしか話さんかったけん、だあれも気づかんかったか。古い墓誌に名前と享年が彫ってあるけぇ、行ったら見てみんさい」

母はお国訛《なま》りに戻って「なして今まで黙っとったの？」と伯父に訊ねた。

「痛ましい話じゃゃし、かあちゃんたちは思い出しとうもないじゃろう思うたんじゃ」

伯父が言ったとおり、一族の墓所の片隅に古い墓誌があって、そのいちばん端の方に男女の名前と享年、年月日が刻まれていた。

「昭和の終わり頃までこの辺にゃあ産婦人科もなかったけぇ、赤ん坊が育たんなぁ、そがい珍しいことじゃなかったはずじゃ。わしは七つのときにかあちゃんから聞かされて、いっぺんも忘れたこたぁなかったよ。生かされとる命じゃのぉ思うて……」

伯父は神妙な面持ちでそんなことを話していた。

そんなことがあってからというもの、母と僕は欠かさず件《くだん》の水子のご供養に励んでいる。

# 帰るところ

相続争いは厭なものだ。

私の親戚も祖父の遺産を巡って長男派と次男派に分かれて争い、遺恨が残った。

貢太郎《こうたろう》さんの家でも、同居していた母方の祖母が亡くなると、遠方に住む伯父が遺産を寄越せと言ってきて、結局、六年あまりも法廷闘争をやることになった。

それまで伯父は実家を顧みたことがなかった。

祖父が寝たきりになれば祖父の、祖母が認知症になれば祖母の、面倒を看たのは貢太郎さんの母だった。

祖父母は北海道の室蘭《むろらん》出身で、新婚の頃に上京して二人して懸命に働き、土地を買って一軒の家を建てた。

そこで育った一男一女が、伯父と母というわけだ。

「昔から家は男が継ぐものだと決まっている。おまえたちが出ていくのが筋だろう」

「おとうさんおかあさんと最期まで一緒に住んできたのは私なのに？　家事も介護も、ご近所づきあいも、全部私がやってきた。今になって急に何よ。ふざけないで！」

「おまえは女なんだから、旦那と貢太郎に食わせてもらえばいいじゃないか！」

伯父はすべて我が物にしたがり、母はテコでも出ていかない構えで、どちらも譲らなかった。それで、六年もかかって、ようやく決着がついた次第だ。

結論を言えば、裁判では母の言い分がほぼ認められて、家と土地は母の取り分となった。

伯父は、菩提寺にある先祖代々の墓の権利と祭祀《さいし》権を認められた。

「墓と仏壇は貰っていくからな！」

伯父は悔しそうに宣言して、先祖の位牌やご本尊が入った仏壇を持っていった。

亡くなったばかりの祖母や、祖母に先立って鬼籍に入った祖父の位牌、額に入った遺影までも奪っていった。

線香一本、残さなかった。

「困ったね。お盆のときにおばあちゃんたちが帰ってくる場所がなくなっちゃった。ご先祖さまたちにも申し訳ない。私が不甲斐ないばっかりに……」

伯父は分骨や位牌分けも拒んだから、祖父母の墓を新しく建てたり仏壇を仕立てたりすることも出来ない。母は親思いだったので、当初はひどく落ち込んだ。

しかし、ぼんやりしている暇はなかった。

相続税対策として、老朽化した家を賃貸住宅に建て替えることにしたからだ。

父と母と貢太郎さんの三人で家族会議を開いて、資金を借り入れ、預貯金の一部も投入して建てて、部屋を貸し出す計画を立てた。

アパートを経営するための会社を起こして、今後は、これまで専業主婦だった母が代表に、貢太郎さんが大家になって、店子から家賃を徴収するのだ。

一か八か賭けてみようと決めて古い家を取り壊して……やがて新しい建物が竣工した。

昭和レトロな木造の家から、鉄筋コンクリートの三階建てに変わり、生活が一変した。

アパート経営を成功させて、無事にローンを完済し、両親の老後を安泰なものにしなければならない。

家族の住居は三階だ。

引っ越し当夜は疲れたせいで、十時頃には三人とも寝てしまった。

そのため、やたら早い時間に目が覚めた。

午前四時頃。目覚めるのと同時に、大勢の人々が階段を上ってくる足音と話し声がだんだん近づいてきたので、枕に頭をつけたまま耳を澄ましていると、それらが玄関の真ん前で立ち止まった感じがした。

二十人……いや、三十人以上いるかもしれない。

何の集団なのかわからないが、この家のドアの前で滞留しているようだった。

ガヤガヤとうるさい。

――近所迷惑にならないといいが。

ご近所に対しては、工事の騒音や何を我慢させてしまった負い目がある。

そこへ持ってきて、わけのわからない集団が未明から喧しくしたら、顰蹙《ひんしゅく》を買ってしまう。

――出て行って注意するしかないだろうか。でも、半グレや暴走族だったら怖いな。

逡巡する間にも声は大きくなり、ついには玄関のドアを突き抜けて、何を言っているのか聞き取れるまでになった。

「大したものだよ。立派な建物だ。部屋の中も素敵じゃないか」

――えっ？　この声は、おばあちゃん？

祖母の声にそっくりだった。

「今度からここに住むのね」

「こういうのも悪くないな。庭がないのが、ちと寂しいが」

――お、おじいちゃん？

「どうですか皆さん？　ひいおばあちゃんも、大丈夫そうですよね？」

祖母が問いかけた相手は、曾祖母のようだ。「ああ」と答えた声が存外に若い。

そう言えば、祖父母の声も元気で若々しい。少なくとも晩年のしわがれ声ではない。

大集団は談笑しながら室内に侵入し、部屋から部屋へと巡り歩いて、やがて少しずつ気配が薄れて静かになっていった。

声と足音が消えたときには、窓の外が白々と明るんでいた。

寝室のドアをノックして母が顔を覗かせると「貢太郎、聞こえた?」と言った。

興奮した面持ちで、声を弾ませている。

「うん。おばあちゃんたちだったね」

「今日、お寺さんに行って、このことをご住職に報告してくるよ」

その日、母は菩提寺の住職に、仏壇を奪われてからの経緯と、明け方に我が家を訪れた怪異について打ち明けたようだ。

帰ってくるとすぐに貢太郎さんに住職の言葉を伝えた。

「悼む気持ちと感謝を忘れない子孫が住んでいる場所が、おばあちゃんたちご先祖の本当の家になるんだって」


仏壇をいくら飾り立てても、愛と真心をこめて手を合わせる者がいなければ、亡くなった方々が帰る場所とはなり得ない。

逆に、たとえ仏壇どころか位牌すら無くとも、愛する子孫が守る家や土地があれば、祖霊は菩薩となってそこに集うものだ。

住職からそんな話を聞かされた母は、「私たちのうちは、おばあちゃんたちが帰りたいと思う家でありつづけなくちゃいけないね」と彼に言って涙ぐんでいたという。

# 僕の幽霊家族

「秋良《あきら》くんのおばあちゃん、こんにちは」

「はい、こんにちは。暑いとこよう来たな。秋良といつも遊んでくれはっておおきに」

網戸を通して聞き覚えのある声が聞こえたので窓からようすを窺うと、門と玄関を結ぶ飛び石の途中に同級生のBくんが立ち止まって、誰かと会話していた。

話し相手の声も聞こえた。

僕が生まれる半年前に亡くなった祖母だった。

二階の子ども部屋でBくんが来るのを待つ間、そろそろ本当のことを打ち明けておいた方がいいだろうか……と、十歳なりに考えた。

Bくんは、きっと驚く。

怖がるかもしれないが、よくよく説明したらわかってくれるだろう。

Bくんは玄関で母とも立ち話をしたあげく、袋菓子とジュースの紙パックを持たされて、ようやっと来た。

「こないにくれはった。えびせん梅味ってどない？　ジュース、ブドウとリンゴがあるけど、リンゴの方もろてええ？　僕、紫のブドウ苦手や。口の中がシボシボになるさかいに」

いつ切り出そうかと迷っていたら、Bくんはアップルジュースの紙パックにストローを挿そうとして苦戦しながら、昨日見たバラエティ番組の話をしだした。

Bくんのおしゃべりに付き合っていたら、告白するチャンスを逃してしまう。

「なあ、ちょい聞いてくれ」

「うん？　なんや？」

「さっき下で、うちのばあちゃんと話しとったでね？」

「うん。いつものことやな。僕は秋良くんのおばあちゃん、いつ会うてもニコニコしてくれはって、大好きやさかい。今までに百ぺんは挨拶したな」

「あのばあちゃん、僕が生まれる前に亡くなってるんや」

「へっ？」

「死んでんねん。幽霊なんやわ」

「幽霊ってことはオバケなん？　ピンクの花柄のアッパッパー着てはるのに？」

Bくんは、なかなか信じてくれなかった。

そこで、姉の幽霊についても話すことにした。

「この家おかしいんや。ねえちゃんも僕が生まれる前に死んだんやけど、ここにおって、だんだん成長してる。今は中一くらいやって、かあさんが言うとった。……ねえちゃんは、かあさんにしか視えあらへんのやけど、Bくんやったら視えるかもしれへんな」

「……ど、どこにおる？　今まで視たことあらへんで」

「仏間とかあさんの寝室に出るらしおっせ。どっちもBくん入ったことあらへんわ」

仏間に行くと、Bくんは仏壇の辺りを食い入るように見つめて、「おる」と呟いた。

「年上のオネエサマや。……あ、こんにちはぁ。秋良くんのおねえさんですか？」

「Bくんは挨拶好きやなぁ」

「挨拶は、ふつうするやろ。おばあさんもおねえさんも、ふつうにいんで。……あっ！」

「どないした？」

「スーッと消えてもうた。ほんまや。幽霊なんやな」

「Bくんのこと、うらやましいな。僕には、ばあちゃんもねえちゃんも視えあらへん」

その後も二、三年の間、Bくんには祖母や姉の姿が視えたようだった。

中一か中二の頃に急に視えなくなって、「凡人になってもた」と嘆いていたものだ。


母が死んだのはそれから三十年あまり後のことだ。

僕はそのときも二階の子ども部屋にいた。

前述したのが十歳のときの出来事だから、つまり、いわゆる「こどおじ」こと「子ども部屋おじさん」になっていたわけだが、それはさておき、母はしばらく前から心臓を患って入院していた。

深夜一時すぎに玄関のチャイムがピンポーンと鳴り、出てみると誰も来ておらず、玄関ポーチを夜風が吹き過ぎていった。

後ろ首から背筋にかけて、ひんやりした手でひと撫でされたかのように感じて、急いでドアを閉めた。

そして今しも鍵を掛けようとした、その瞬間に、居間に置いてある固定電話が鳴った。厭な予感がした。

蒼ざめた顔で父が二階から駆け下りてきて、居間に飛び込んでいった。

母の担当医からの電話だった。

「とうさん、かあさんの容態が悪なったんやろ？　亡うなった？」

「いや、危篤や。言うても脳死状態で心臓も限界やさかい、今から病院に飛んでいっても臨終には間に合わへんかもしれへんと」

「もう亡うなってるんとちがうかな。さっきチャイムを鳴らしたんは、かあさんやろ」

しかし、それから車を飛ばして病院に行くと、母はかろうじて息をしていた。

父が涙ながらに手を握ってやった途端に亡くなった。

――たぶん今は、祖母や娘と共に、母も幽霊になって、うちにいる。

家で通夜の寝ずの番をしていて寝落ちしかけたとき、手の甲をそっと撫でられた。
柔らかい指先の感触を、まだ憶えている。
あれは母だったに違いない。

# 助けを呼びに

秋良さんは、私の姿を初めて目にしたとき、亡きご母堂を想い起されたという。

生前は、よく着物をお召しになられていたとのこと。

大人が着る普段づかいの着物には、黒系や茶系、紺色系の地味な色味のものが多い。

それには割と合理的な理由があって、まず、暗い色味の紬などをきちんと着付けて真っ白な半衿を細くのぞかせると、たとえ中年太りしていてもだらしなく見えない。おまけに汚れが目立ちにくいから、仕事や家事に勤《いそ》しむ大人にとっては実用的なのだ。

秋良さんの母も渋好みだった。

私が似たような着物の着こなしをしているので、懐かしくなったようだ。

「母は、幽霊になってもシブい着物姿で現れているみたいなんですよ」と彼は言う。

亡母の三回忌の少し前に、オートバイの自損事故で重傷を負ったときのことだ。

事故を起こした場所は、天ヶ瀬《あまがせ》ダム付近の峠道。

雨上がりの午前一時頃、そこのカーブを曲がっていたら、百メートルあまり前方に車が停車していた。

ポツンと灯った赤いテールランプが目に飛び込む。そのとき集中力が途切れたに違いない。アッと思ったときには、もう、タイヤが横滑りしていた。

濡れた路面でスリップしたのだ。

道路が空いていたためいつの間にか速度を上げすぎていたのも、事故の原因の一つだったに違いない。対向車も後続車も一台も来ていなかった。

お蔭で二次的な被害は避けられたが、救助が遅れる可能性もあった次第だ。

――彼は、路肩の岸壁にオートバイごと全身を叩きつけられて、意識を失った。

事故現場からおよそ百メートル先に停車していた普通乗用車には、共に四十代の夫婦が乗っていた。

彼らは、翌日から仕事があるというのにギリギリまで旅行していた。そのため深夜に長距離を移動することになったというわけだ。そして、ちょっと疲れてきたので、十分ぐらい前から、道の脇に車を停めてカーラジオをかけながら会話していたのである。

ラジオを鳴らしていなかったら、後方でオートバイがスリップ事故を起こしたことに気がついたかもしれない。

しかし何も気づかなかったので、地味な着物姿のご婦人が血相を変えて飛んできたときには驚いた。

「助けてください！　あての息子があっちで事故を起こしたんどす！」

たもとを翻して後ろの方を指差すので、バックミラーを覗き込むと、岸壁の下に小さな黒い塊が見えた。

「バイクですか？」

「そうどす！」

着物の女は六十代と見受けられた。夜目にも眩しいほど白い半衿《はんえり》と足袋《たび》、パリッとした紬に無地の名古屋帯。たった今着付けたばかりのような、完璧な着姿だ。

半白髪のまとめ髪も毛筋一本乱れていない。

だが、顔は悲愴感に歪み、目から涙が溢れていた。

「息はあるんやけど、頭を打って気ぃ失うたきりピクリとも動かへんのどす！」

「乗ってください。車の方が早い」

こう言って後部座席に乗せたところ、線香のような香りが車内にふわりと広がった。

――気になることがいろいろある、と、このとき夫婦二人は内心思っていた。

だがしかし、まずは怪我人を助けなくてはならない。

すぐに車をUターンさせて事故現場に行った。

その間にも、助手席にいた妻がスマホで一一九番に電話して救急車の手配を頼んだ。

「宇治川ラインの天ヶ瀬ダム付近で、オートバイの単独事故です。怪我人は男性で、意識がありません。ヘルメットが脱げて、頭から血を流しています」

車が現場に着くと、着物の女はヒタヒタッと倒れた息子に走り寄ってそばに屈み込み、

「秋良！　起きなはれ！　こんなんで死んではあきまへん！　そない情けない息子に育てた覚えはあらしまへん！」

と、大声で呼びかけた。

顔に触ろうとするので、夫婦者の夫の方が「奥さん、頭を動かさないで！」と注意した。

「脳がやられているかもしれませんから。救急車を待ちましょう。一緒に救急車に乗っていかれますよね？　貴重品はどこですか？」

「息子の他に大切なものなんか、此の世にあらしまへん」

「それはわかりますけど、奥さんのお車はどこですか？」

「……なんで急にそんなん訊くんどすか？」

夫婦は顔を見合わせた。

「お車から貴重品を取ってきておいた方がいいからですよ。救急車が来る前に」

「息子さんのそばを離れたくないですよね？」と妻が婦人を気遣って言った。

「場所を教えてくださったら、私が行って取ってきますよ。お財布や携帯電話や……」

「そないなものは持ってまへん。自動車もあらしまへん」

周囲は深い森である。町までは遠く、鉄道の駅やバス停からもだいぶ離れている。

婦人がスッと立ち上がった。

皺ひとつない着物。純白の足袋は清潔そのもので、エナメルの草履を履いた足は小さく、軽く内股で佇んだところは、和装のスタイルブックから抜け出てきたかのようだった。

「では、どうやってここに来たのです？」と夫は訊ねた。

「息子と一緒に……」

「まさか。その格好ではオートバイにはお乗りになれないでしょう」

「…………」

口を閉ざした婦人の全身を、道路灯が照らしていた。

足もとに影が無かった。

夫婦は凍りついた。最前から奇妙だとは思っていたのだ。もう疑いようがない。

この着物を着た婦人は幽霊なのだ。

——そこへ救急車とパトカーが到着した。

「ご夫婦が救急隊員と警察官に、名前と連絡先と、もしも僕が意識を取り戻したら伝えたいことがある旨のメッセージを託してくれはって……そこで、後日お二人と会うて、この話を聞くことが出来たちゅうわけで」

電話の向こうの秋良さんの声からは、大怪我の影響は少しも感じられなかった。

「では、すっかり快復されたんですね？」

「ええ。お蔭さんで。母の幽霊が助けを呼んでくれなかったら死んでました」

「おかあさまは、どのタイミングで消えたのでしょうね？　ご夫婦の目の前でスーッと姿が薄くなっていったのでしょうか？」

「いいえ、違います。二人に向かって深々と頭を下げてから、僕と一緒に救急車に乗り込んだそうですよ」

「なんと！　救急隊員は、そのことに気がついていたのかしら？」

「それが、救急隊員には母の姿が視えていないようやったと……。警察にも救急隊員にも、ご夫婦が全部説明せなならへんかった、と。最初に事故を発見した人は急用があって行ってまい、自分らが通報する形になったけど、あの人がいーひんかったらこの人は助からへんかったんやさかい……と救急や警察の人に話した言うてはりました」

「ああ！　意識が戻ったら伝えたいメッセージというのは、それですね！」

「はい。入院中に連絡がついて、二人でお見舞いに来てくれはりました。……それにしても、人間ちゅうのんは幽霊になっても好きな格好をしていたいものなんやなぁ。今もお気に入りの着物を着とるんやろうか。母の幽霊、僕もいっぺん視てみたい」

# 深夜、牛窪の十字路を通って

以前、映画監督の夏目大一朗《なつめたいちろう》さんをインタビューして、牛窪《うしくぼ》の十字路こと笹塚交差点にまつわる体験談を傾聴したことがあった。

その交差点に面したビルで働いていた若い頃に、悲惨な交通事故を目撃したという。コンクリートミキサー車が倒れて、複数の犠牲者が出た。夏目監督は死にゆく女性の表情、わけても声なき叫びと言うべきか、「いーたーいーいーいーたーいー」という形に大きく動いていた口もとが、脳裏にこびりついて離れないとおっしゃっていた。

彼は、その事故の四日前に京王線の旧初台駅の遺構で同じように「いーたーいー」と口を動かす幽霊を視ていたわけだが、この話は『怪談屋怪談』という本にもう書いてしまったから、そっちで読んでいただくとして——今回は、牛窪の十字路から至近距離にあるマンションに住んでいた女性に聴いた話をご紹介する。

香苗《かなえ》さんは進学のために上京して、以来六年間、笹塚交差点近くのマンションに住んでいた。

通学にも通勤にも便利な立地で、家賃も都心にしては安かった。

そうでなければ六年も我慢しない。

まず、ここに住みだしてから頻繁に金縛りに遭うようになった。

実家にいた頃は金縛りなど遭ったためしがなかったのだ。

なのに、ここで暮らしだした途端に、丑三つ時に目が覚めて体が微塵《みじん》も動かないといった典型的な金縛り状態に、夜毎、陥るようになってしまった。

金縛りの多くがそうであるように、目だけは自由になった。

しかしキョロキョロ見回したらオバケが視えてしまいそうで恐ろしく、眠りが訪れるまでまぶたをギュッとつむっていたとか……。

その状態のまま小一時間も苦しんだあげく、慢性の寝不足であるがゆえ、いつも最後は気絶した。気を失うお蔭で、死なない程度に眠れるのであった。

だが何事も慣れるもので、やがては、金縛りになっても落ち着いて目を閉じ、睡魔の再来を待てるようになったとのこと。

もしも幽霊が出没することさえなかったら、今でもそこに住んでいたかもしれないとか。

初めて幽霊が出たのは、就職して間もない春のことだった。

香苗さん、新卒採用で正社員になれたのは良かったが、そこは違法な残業を強要するブラック企業で、新人のうちから月に何度も深夜にタクシーで帰宅するはめになった。

もちろん、そんなこととは知らずに入社したのだ。

だが、実家は裕福ではないし、有利に再就職できるような資格も持っていない。すぐに退職するのは得策ではないので、当面は耐えるしかないと判断した。

会社の最寄り駅は渋谷駅で、マンションまでは自動車なら片道十五分前後の距離だ。ギリギリ終電に飛び乗って帰るよりも、タクシーの方が体力的には楽だと言えた。

また、会社は残業の事実を隠蔽して労働搾取を行う一方、タクシー代は清算してくれた。懐は痛まず、疲れた体に優しい。だから最初のうちは、あえて終電後まで社に残ってタクシーで帰ろうとしたこともあった。

しかし、やがて、なるべく電車で帰りたいと思うようになった。

なぜならタクシーで帰宅した夜に限って……出たのである。


その夜も、深夜一時をいくらか過ぎた頃に、タクシーで笹塚交差点を通過した。

——ここは大きな十字路だ。

甲州街道と中野通りと呼ばれる都道が交差する四つ角で、その南東の一角に牛窪地蔵尊が建っている。これが、ここが「牛窪の十字路」などと呼ばれる所以だ。

では牛窪の名の由来はと言えば、この場所で牛裂《うしざ》きの刑が行われていたという故事に行きつく。

左右の足をそれぞれ二頭の牛に結びつけて反対方向に引っ張らせると、股が裂けて腸が飛び出し、血へどを吐いて死ぬ。

この辺りは窪地になっており、処刑の後は夥しい血が底に溜まっていたという。

刑死した人々の怨念を鎮めるために、江戸時代に地蔵尊が建立された。

それが牛窪地蔵尊で、忌まわしい窪地は笹塚交差点になった。

ところが、ここでは自動車が普及するに従って死亡を伴う交通事故が増えていった。

数多の刑死の次に事故死が多発したことは、死者が死者を呼んだとも解釈できる。

そこで、交通事故遭難慰霊碑が、牛窪地蔵尊の敷地内に後から追加された。

地方出身の香苗さんには知る由がなかったが、以上のような逸話があるため、牛窪の十字路はかねて畏怖の対象だったのだ。

香苗さんのマンションは、中野通りを間に挟んだ牛窪地蔵尊の西側の角地にあった。

渋谷区内。笹塚駅から徒歩三分。この場所にしては低価格で部屋を借りていたと聞くと、事故物件ではないかと疑いたくなる。

香苗さんも金縛りに遭いはじめたときにそれを疑ったが、賃貸契約を仲介した不動産会社によれば、築年数が四十年近いにもかかわらず、その部屋は水回りなど各種の設備が古いままで使い勝手が悪くてみすぼらしいから……というのが破格の家賃の理由だった。

事故物件ではなかった。尚、金縛りは睡眠障害の一種だと言われることもある。

だから安心して、金縛りにも適応できたのであった。

——しかし、この夜は、人の話し声で目が覚めた。

「信号が赤だ。気をつけろ」

「郵便局に行ってくるね！」

「信号が赤だ。気をつけろ」

「郵便局に行ってくるね！」

「信号が……」

男性が二人、会話とは呼べない言葉の掛け合いを延々と繰り返している。

この界隈で郵便局と言ったら笹塚駅前郵便局のことだろう。

ここからは甲州街道の向こう側だ。信号が赤なら道路を渡ってはいけない。

半ば眠りながらそんなことを思っていたが、男たちの声が止まず、すっかり目が覚めてしまった。

目を開けると、自分の足もとに佇む男たちの姿が視界に飛び込んできた。

肩を並べて立ち、まばたきもせずに彼女の顔を見下ろしている。

ポロシャツを着たのと、腕まくりしたワイシャツにネクタイを締めたのと。

部屋はかなりうす暗いはずだが、なぜか全身がはっきりと見える。

右側のポロシャツ男が「郵便局に行ってくるね！」と明るい声で告げた。

「信号が赤だ。気をつけろ」と左側のネクタイ男が注意を促した。

二人とも視線がこちらを向いているので彼女に向かって言っているようだが、意味がわからない。

心臓が早鐘を打ち、髪の根が逆立った。

「イヤッ」と叫んで起きあがろうとしたところ……抵抗を覚えずに跳ね起きることが出来てしまった。

今夜は金縛りではなかったのだ。

起きた勢いのままベッドから転がり出ると同時に、男たちの姿が掻き消えた。

目覚まし時計を見ると、午前三時を指していた。

午前一時過ぎに帰宅して、ベッドに入るまで三十分あまりを要したはずだ。

一時間半しか眠れていない。寝直そう、と、彼女は思った。

翌朝、目が覚めてみたら、部屋のようすに変わったところは何もなかった。

——変な男たちがベッドの足もとに立っていたが、あれは夢だったに違いない。

そう思うことにして日常に戻った。

しかし、それからしばらくして、真夜中にタクシーを使って帰宅したときに、再び異様な人物が部屋に現れた。

今回は女だった。

目が覚めたとき、こちらに背を向けてドアの前に女が正座していた。

長い髪を後ろで束ねて、一本の三つ編みにしている。

鞭のような三つ編みが、オレンジ色のセーターを着た背中に垂れていた。

白いズボンを穿いているようだが、正座しているので、はっきりわからない。スカートかもしれない。

あまりにも鮮明に見えるものだから、生きた人間だと咄嗟に思った。

慌てて起き上がろうとしたそのとき、女がスイッと立って、ドアを開けた。

そのドアの向こうは台所と玄関だ。

「あなた誰ですか？」

震え声で訊ねながら、立ち去ろうとする女を追いかけた。

ところが、ドアの向こうには誰もいなかった。台所にも、玄関にも。

台所の右奥の方にユニットバスとトイレがあるが、そちらにもいない。

玄関には鍵とチェーンが掛かっていた。

時刻は午前三時。

完全に目が冴えてしまって、朝まで一睡も出来なかった。

この翌日も、奇妙なことがあった。

また無理な残業を強いられてタクシーで帰宅し、前夜ほとんど眠れていなかったので、取るものも取りあえず、ベッドに倒れ込んだ。

すぐに熟睡したのだが、やがて意識が水の泡のように浮き上がってきた。

ぼんやりと薄目を開くと、顔のすぐ横に、上がオレンジ色で下の方が白いものがあった。

変な物がある、と、思いつつ、眠くてたまらなかったので再び目をつむって寝入ってしまった。

明くる日、会社の同僚に、ドアの向こうで消えてしまった女の話をした。

すると「その後は何もなかったの？」と問われた。

そこで、「昨日は顔の横に上がオレンジで下が白い何かがあったよ」と答えた。

同僚は眉を曇らせて「お祓いを受けたら？」と言った。

「だって、最初に出た女は、オレンジ色のセーターを着て、白いボトムスを穿いていたんでしょう？　そして、二回目のときの、顔の横にあった何かも色が同じだよね？　枕もとに屈み込んで、香苗さんの顔を覗き込んでいたんだよ」

つまり、同じ幽霊に二晩も執着されたことになる。

香苗さんは震えあがって、神社で厄払いのご祈祷を受けた。

けれども、それからも度々、部屋で怪異に遭った。

オレンジ色のセーターの女はもう現れなかったが、小学生ぐらいの男の子が壁の中から走り出てきて、反対側の壁の中へ飛び込んでいったり、真っ黒なガスの塊のようなものが宙に浮かんでいたり……。

あるとき、タクシーで帰宅したときに限り、こうした霊現象が起きることに気づいた。

そして慢性の寝不足に耐えられなくなったせいもあって、入居から六年目にして、思い切って引っ越したのであった。


その後は何もなかった。

引っ越しから三年ぐらいして、香苗さんは、たまたまＹｏｕＴｕｂｅで怪談番組を見つけた。面白そうに思われて視聴してみたら、番組のゲスト出演者が牛窪の十字路の話をしていたので驚いた。

「笹塚交差点の角に牛窪地蔵尊というのがあって、それのせいで死亡事故が多発するんじゃないかと言われて、恐れられているんですよ」

彼女にとっては、これは初耳だった。

あのマンションには寝に帰るだけで、学生の頃は学業やバイトに忙しく、就職してからは心身の余裕が削られて、近所を散策したことが一度もなかったのだ。付近で「牛窪地蔵尊」と記された標示を目にした記憶はあるが、ふつうのお地蔵さんだと思い込んで、気にも留めなかった。

勤め先からタクシーで帰るとき、牛窪地蔵尊の前を通過して笹塚交差点を越えるのが常だった。

夜更けに、血腥《ちなまぐさ》い牛裂きの刑を行っていた場所、そして大勢の事故死者の血を吸ってきた所を通った。

だから、そこで亡くなった死霊が部屋まで憑いてきてしまったのでは……。

この怪談番組のゲスト出演者は夏目大一朗さんの可能性がある。

残念ながら香苗さんは、そのゲストの名前や番組名まで憶えていらっしゃらなかったが、細身でハンサムな中年男性だったとおっしゃっていた――夏目監督はまさしくそういうタイプなのだ。

これも奇縁と呼ぶべきか。

尚、香苗さんは引っ越しから一年経たずして、良い会社に転職できたとのこと。

# 仏壇あきんどの怪談拾遺

北陸の「仏壇あきんど」こと昭二《しょうじ》さんから、またお話を傾聴した。

昭二さんには、これまでに何度か拙著にご登場いただいている。

たとえば『僧の怪談』に所収した「仏壇あきんどの内緒ばなし」。

そこにも書いたが、大正元年創業の仏壇仏具販売店に勤続三十年あまりになる方ならではの情報網が、彼の談話のミソである。

彼は百を超える寺院に出入りし、住職や檀家の人々と絶えず交流して、不可思議な話を聴き、ときには怪異の現場に立ち会ってきた。

お寺関係の話が大半だったのは、ごく自然な流れであろう。

しかし今回はお寺とは直接関係がない、奇怪な実話をいくつか寄せてくださった。

## ◎鉤形《かぎがた》の家

去年うちに中途採用で入社したAから聴いた話が、ちょっと凄かったから、自分でもいろいろ調べてみたんですよ。

Aは二十九歳で、僕とは親子ほども歳が離れています。

僕には子どもがないので息子がいたらこんな感じか……なんて思うことも。

実際Aの母親は僕の二歳下だから、親子ぐらいの歳の差です。しかもご母堂、僕と同じ町の出身で、小学校や中学校の学区も一緒だったらしいんです。

偶然ですけど、そういうことって話の種になるじゃないですか。

仏壇屋では、仕事でお寺さん回りをするときや、仕入れや下取りの際、車で移動します。仕事を覚えてもらわないといけませんから、最初のうちは、そういうとき一緒に行くわけです。長い時間、顔を突き合わせることになるので、会話がないのは気まずい。

だから僕の方から話を振って雑談する次第です。

そのときはAが入社してひと月ぐらい後で、取引先の寺から帰社する途中でした。

「母方のご実家が近所やったちゅう話やけど、Aくん自身はどこで生まれ育ったの？」

「ずっと敦賀《つるが》市内で、生まれたのは××町、五歳から高一の途中まで○○○町です」

「ほう。ほんなら○○○町は詳しそうやね？」

「いいえ。子どもでしたからね……。その後は一度も行っていませんし……。僕、〇〇〇町の中で二回引っ越したんですよ。二軒とも変な家やったで……」

「へえ。変な家って、どう変やったの？」

僕が興味をそそられて訊ねると、Aは「幽霊って信じますか？」と訊き返してきました。

「信じる。この仕事をしてると、不思議なことはいくらでもあるものやで」

するとAは次のような話をしてくれました。


――五歳の頃に母が離婚して、Aは祖母と同居することになった。

それまで祖母と伯父の家族が住んでいたアパートが手狭だったので、みんなで金を出し合って新たに住まいを借りることにした。

しかし祖母と伯父も貧しく、それにまた、伯父にも子どもがいて全員で六人になることから、条件に合う家がなかなか見つからない。

ようやく辿りついたのが〇〇〇町の貸し長屋だった。

一階建ての木造住宅で、いわゆる棟割《むねわり》長屋の造りだ。

棟割長屋とは、一棟の家を壁で仕切って、数軒にした長屋のことだ。

時代劇を観ていると「裏長屋」と呼ばれるものが出てくることがある。

あれがまさに棟割長屋で、江戸時代には通りに面した町家や表店の裏側に、ずらっと並んで建っていたという。昭和の頃までは、ああした造りの賃貸住宅がよくあったとか。

この長屋は昭和二十年代に建てられたもののようだった。終戦後、敦賀空襲でやられた土地に多くの賃貸住宅が急ごしらえされた。その一つに違いない。

建物は横に長く、三つ玄関が付いていた。

左端の部屋には職人らしい中年男性が、真ん中の部屋には大家の親戚だという老夫婦が、それぞれ暮らしていた。

Aたちが住むことになったのは右端の部屋だった。

伯父と母は「三軒の中で、ここがいちばん広いんやざ」と子どもたちに自慢した。

しかし建物を正面から見たところは、真ん中の老夫婦の部屋が最も幅を取っていた。

どういうことかというと、Aたちの部屋は鉤形をしていて、奥の方が直角に曲がって、真ん中の部屋の後ろに回り込んでいるのであった。

従って真ん中の部屋は後ろ半分の奥行きが狭くなっており、そのぶんAたちの部屋が広くなる寸法だ。

長屋といえば、間口に比べて奥行が長い、鰻の寝床のような形をしているものだ。

鉤形の部屋なんて、聞いたことがない。

風変わりな物件だが、お蔭で広さは充分あって、直角に曲がった先の奥の間は、祖母の寝室を兼用した子ども部屋にすると決まった。

日中は従兄とAの部屋だが、夜になると祖母が蒲団を敷いて一緒に寝るのだ。

引っ越した当初、Aは愉しくて仕方がなかった。従兄とは歳が近く、良い遊び仲間が出来た。祖母のことも大好きだった。

ところがすぐに隣の老夫婦から「子どもらの立てる音がじゃかましい」と物言《もの い》いがついて、四六時中、母や伯父伯母に叱られるようになってしまった。

「静かに、おとなしゅう遊びね！」

老夫婦は朝となく昼となく怒鳴り込んできた。日に何度も叱られるので、従兄とAは家では遊ばなくなり、もしも家にいるときも、抜き足差し足、声もひそめて会話した。

ところが、それでも隣の老人たちの苦情が止まない。

祖母は当惑して「うちの子らは、もう家では遊んでましぇんよ」と応えた。

「雨の日でも、お絵描きをしたり絵本を読んだり、すっかりおとなしゅうしてますし」

「なんでほんな嘘をつくんや！　子どもに壁を叩かしぇるのをやめね！」

孫が壁を叩いているところなど見たこともないので、祖母は困って他の家族に相談した。

「ちょっこしボケてるんでねえか」というのが伯父の意見だった。

「大家さんの親戚だそうだし、逆らわんとこう。親切にしてたら、そのうちブーブー言わんくなるざ」

「Aちゃんたちも、お隣さんに会うたらニコニコッとして挨拶しぃね？　わかった？」

そんな次第で、家族全員、老夫婦に友好的な態度で接するように努めたところ、怒って詰め掛けてくることは徐々に減った。

やがて祖母とは完全に打ち解けて、茶飲み仲間になったようだ。

Aが小学校の三年生の頃に、夕飯の席で祖母が老夫婦から聞いたと言って、こんな話をした。

「お隣さんたちが、今日、ずっと隠いてたことがあると言うで、なんやと思うたら、ここは元は四軒長屋やったけど、事件があったで三軒に直いたんやって」

「事件て、どんなの？」

「まずは、あの夫婦の家とうちの間に、もう一軒あったと思いね。ほの家の奥の間の押入れでミイラが見っかったんやって！」

「ミイラ？　住人がいつの間にか死んでたってこと？」

「ほやよ。生きてる頃からちょっこし頭がおかしゅうて部屋の中で独りで暴れてたって言うんだけど……昨日まで暴れてたのにいきなりミイラになって見つかったで、おとろしかったって」

「怪談でねえか！」と伯父が目を剥いた。Aと従兄もワッと声を上げた。

——生前から部屋の中で独りで暴れることがあった住人が、いつの間にか死んでいて、ミイラ化した遺体になって発見された。

しかし事態が発覚するまでの間も、老夫婦は、隣人が暴れる物音を聞いていたというのである。死体が暴れるわけがないから、幽霊が物音を立てていたことになる。

「ほれでね」と祖母は話を続けた。

「部屋をすっかり掃除して、押し入れの板や襖も張り替えて、新しゅう貸し出いたんだけど、住人がすぐに出ていってもたんやと。何回貸しても出て行かれる。また、お隣さんたちの家の押し入れからも物音が絶えずしたんだって。ミイラになった人は死ぬる前に押し入れの中から隣の壁を叩いてたようなんやがの」

「ああ、ほうか。本来は、どの家も奥の間の突き当たりは押し入れやったで！」

鉤形の部屋を設ける前は、どの部屋の奥にも押し入れがあったのだ。ならば、隣り合う部屋の押し入れと押し入れは、壁一枚で隔てられていたことになる。

母が「最期に苦しんで、押し入れの仕切りを叩くか蹴るかしてたのかもしれんね。お気の毒な話やのぉ」と言った。

従兄は「おばあちゃんの話やと、死いでからも押し入れの壁を叩いてたってことやがの？　幽霊や！」と大声で言って、「こら」と伯母に肘で小突かれた。

「ほやさけ、大家さんが、長屋を今の形に直いたんだって。この部屋だけ鉤形をしてるのは、ほんなことなんやざ」

祖母がこう話を締めると、みんなして黙ってしまった。

今聞いたことを消化するのに時間が必要だったのだ。

母と伯母は何も言わずに空いた皿を片づけはじめ、伯父はAと従兄に「早う食べね」と言った。

食事が済むと風呂に追い立てられ、「早う寝ね！」と蒲団に入らされた。

祖母は茶の間から出て来ず、やがて、大人たちがひそひそと話し合う声が漏れ伝わってきた。蒲団を並べて寝た従兄とAは、しばらくその声に聴き耳を立てつつ、お互いの顔色を探り合っていた。

しばらくして従兄が「なあ」と話しかけてきた。

「ばあちゃんの話が本当なら、ミイラがあったのは、この部屋ってことになるよの？」

「押し入れって、もっと狭ない？　ここはだいぶ広い部屋でねえか？」

「押し入れがある六畳ぐれえの部屋を二つ繫げたってことやろ。それがこの部屋なんやざ」

「……おとろしなってきた」

Aが怯えるのを見て、従兄は「もうこの話はよそう」と言った。

それから一年ぐらいして、隣の老夫婦は相次いで病院に入院してしまった。二人ともいなくなると大家が頼んだ業者が来て、部屋をすっかり空にした。

けれども、それから間もない日の宵の口に、Aが習い事から帰ってきたら、その部屋の玄関灯に明かりが点いていた。

おや、もう誰か借りたのかな。そう思って立ち止まった途端、窓の中もパッと明るんだ。

「おかあさん、隣に誰か越してきたみたいやの」

「まだ誰も住んでいやしぇんよ」

「ほやけど明かりが点いてたで」

「大家さんがいるのかもしれん」

母は「大家さんなら、ちょっこし話があるから」と言って隣を訪ねていった。

けれども、すぐに蒼ざめた顔で戻ってきてしまったのだった。

「チャイム鳴らしても誰も出てこんくて……玄関の鍵が開いてたでドアを開けて呼びかけたら、それまで点いてた電気が全部消えて真っ暗になった……。ああ、気色悪う！」

その頃、Aの母と伯父たちは、隣の部屋も貸してもらって、その場合は二軒借りるのだから家賃を割引してもらえないかしらと相談していたようだ。

しかしミイラの呪いなのか否か、隣の部屋ではその後も怪しいことが度重なった。

どの現象も一つ一つはささやかだが積もり積もれば恐ろしく、そのうち大人たちが手分けして引っ越し先を探しはじめ、結局、Aが中学校に進学するのを機に、同じ町内の一軒家に移ることになった。

――以上がAが話してくれた一軒目の変な家の話です。

僕は、これは川奈さんに教えなければと思って、Aに住所を聞いて、暇なときに見に行ってみたんです。

そうしたら百坪ぐらいの更地に、「売地」の看板が立っていました。隣の敷地に立派な家が建っていたから、あれがAの話に出てきた大家のうちかもしれません。

川奈さんなら飛び込みで取材するのかもしれませんが、僕にはそんな勇気はありません。

それで、その代わりに昔の詳細地図を調べてみることにしました。

図書館には詳細地図のバックナンバーがありますし、近頃はネットで調べられる場合もあるでしょう？

幸い詳細地図が見つかりまして、調べてみたら、たしかに平成二十二年頃までは、そこに棟割長屋が建っていて、右端の物件は鉤形をしていました。

さらに昭和五十年代の地図も出てきて、こちらは同じ長屋に四軒入っていました。

Aの話は本当だったんですね。

ミイラ化した死体の話は、ネットで検索しても見つけられませんでした。

その件については、私も調べてみたが、空振りだった。

談話から推測するに、精神病患者が異常な行動の末に自然死したのだと思われる。

遺族は表沙汰にしたがらないであろうし、こういう類《たぐい》の事案の報道は慎重を要する。

この怪談だけが、痛ましいミイラの逸話を後世に残すことになりそうだ。

## ◎日本人形の家

Aから聞いた二軒目の家の話をします。

中学に入学するのと同時に一軒家に引っ越したAと家族でしたが、こんどの家も賃貸住宅でした。

ただし、こちらは二階建ての一軒家で、かなりしっかりした造りでした。

隅々までリフォームされていて綺麗でしたから、みんな最初は喜んでいたようです。

家族構成は、一軒目のときと同じ。Aと母。母方の祖母。同じく母方の伯父と伯母と従兄。この六人が一つ屋根の下に暮らすのです。

前の棟割長屋の家賃も安かったのですが、こちらはさらに低い賃料で借りれたそうなんですよ。

ちゃんとした二階建ての家なのに、おかしなことですよね。

Aによれば、祖母の知り合いから家主を紹介されて、貸してもらったというのですが。

——新しい家では、一階の和室に祖母と母が寝ることになり、二階の三部屋がAと従兄と伯父夫婦に割り振られた。

広々としたダイニングキッチンとリビングルームの仕切りに四枚引きの引き戸が付いていたが、この二間は家族の行き来が盛んなことから、いつも戸を開けておくことにした。

食器棚や本棚など家具の一部は家主が置いていったもので、傷めないように気をつけながら使ってほしいということだった。

「Aちゃん、食器を戸棚にしまうで手伝うて」

母に言われて食器類を入れたダンボール箱をダイニングキッチンに運び入れると、空の食器棚の中段に置いてある日本人形に気がついた。

「あの人形は何？」

「このうちの家主さんの物やざ。ばあちゃんによりゃあ、あれはここに置いとかないけんのやって」

「人形を飾るんならリビングルームや玄関の方がいいんでねえ？」

「私もそう言うたんやけど、ばあちゃんが家主さんに『なるべく触らず、そのままにしとくように』と言われたで、あかんて」

日本人形と言ってもいろいろあるが、これは黒い着物を纏って日本髪を結った芸妓《げいぎ》の形をしていた。優美な立ち姿で、日舞を踊っているようなポーズをつけてある。高さは四十センチあまりで、胡粉を塗り重ねて仕上げた乳白色の美しい顔と両手を持っており、非常に繊細で美しい置き物だ。

つい見惚れて、そっと持ち上げてみると、意外に軽かった。

「気ぃつけね！　壊れやすいで。男の子が二人もいる家に本当は置いときたくないんやけどな……。家主さんに持っていってもらえんか聞いてみたいわぁ」

母が愚痴っぽく言うのを聞きながら、Aは人形を元の場所に置いた。

食器棚の真ん中あたりに電気ポットや炊飯器を置いたら良さそうなスペースがあり、その端がこの人形の定位置ということのようだった。

汚してしまいそうだし、家族の暮らしや他の調度品とも不釣り合いだったので、母はこの人形を嫌ったが、祖母は「家主さんとの約束やで」と言って譲らなかった。

祖母によれば、人形をそこに置いておくことがこの家を安く借りる条件だったそうで、だったら仕方がない……と誰しもあきらめるしかなかった。

しかし、あきらめてもいられない事態が、比較的すぐに起きた。

ここに引っ越してきて初めての夕食をとる段になり、Aが配膳を手伝っていたところ、途中で人形の首の向きが変わっていることに気づいたのだ。

ダイニングテーブルの周りを移動しながら、料理を持った椀物や皿を並べている途中で人形の方を見ると、常にこちらに顔が向いていた。

つまり、首を廻らせてAの動きを目で追っているのだった。

思わず、持っていた椀物を取り落としてしまった。

ガスレンジの前にいた母が振り返って「何してくれるの?」と彼を咎めた。

「人形が動いた!」

「……ほんなことは言わんとおきね。本当になるとあかんで」

そのときAは、母もこの人形がふつうではないことに気がついているのだと直感した。

食事中も、人形にじっと見張られているような感じがして落ち着かなかった。

誰かにこのことを話したかったが、言いづらい雰囲気があった。

伯父夫婦と従兄も、人形をチラチラと気にしていた。

祖母はこのときは平気な顔を装っていたが、夜遅く、小腹が空いてダイニングキッチンに行こうとすると、リビングルームとの仕切りの引き戸が閉まっていて、リビングのソファに祖母が座っていた。

何をするふうでもなく、ただ、ひどく疲れたようすでソファに体を預けている。

「ばあちゃん、何してるの? そこ閉めた? 開けとくことにしたんじゃなかったっけ」

Aは大股に引き戸の方に近づいた。そこを祖母が語気鋭く引き留めた。

「行ったらあかんよ! 人形が動いてるで、あかん!」

驚いて「え？」と返したきり固まったAの耳に、引き戸の向こうから奇妙な音が届いた。

コトッ……コトッ……コトッ……。

木か何か、硬くて軽い素材で出来た物が、床に当たって音を立てている。

耳を澄ますと、微かな衣擦れも聞こえてきた。

「いずれお寺さんでお焚き上げをしてもらわなあかんやろう。今夜は、もう寝ね。……夜遅うなったら台所の方には行かん方がええ」

翌朝、食器棚に人形の姿がなかった。

だが、誰も、それが消えたことを指摘しない。

みんな気がついているんだ、と、Aは思った。

たった一日で、あの日本人形がおかしいことを、それぞれ知ってしまったに違いない。

だから怖くて、黙っているのだ。

唯一、人形のことに言及したのは祖母だった。

「あの人形のことだけどね、いずれお寺さんに持っていくでの。家主さんとの約束はあるけど、我慢にも限界っちゅうものがあるで。無闇におとろしがるものでもないが、あれに近づかん方がいいざ。ええね？」

念を押されて、家族五人は揃ってうなずいた。

だが、お焚き上げが実行されたのは、それから三年も後のことだった。

その間、人形は家じゅうを好き勝手に徘徊した。食器棚に戻っていることもあったが、さまざまな場所で人形を見かけた。

家人が出払っていて、ひとりぼっちで留守番をしているときに、コトコトッと人形が動き回る音や気配を感じると、怖くてたまらなかった。

かと言って、自分の部屋に籠り、ヘッドホンを付けて人形の立てる音が聞こえないようにしていて、ふとトイレに行こうと思ってドアを開けたら足もとに人形がいた……ということが実際に起きたのは一度きりだったが、またドアの外に立っていたらと想像すると恐ろしい。

結局、神経を張り詰めて人形の動向を探りながら生活するしかなかった。

高一の春に、祖母は家主とようやく話をつけて、人形を菩提寺に持っていった。

母方親族の代々の菩提寺で、特に人形供養で有名な寺でもなかったが、丁重に供養してお焚き上げしてくれた。

祖母によれば、住職は人形の性根抜きをしてから火にくべたとのこと。

また、「中に入っているのは人の魂ではない。狐か狸か悪鬼かわからないが、善《よ》くないものだ」と、おっしゃっていたという。

人形がいなくなった直後から、家の中に明るい気が満ちたようで、家族の表情が和やかになった。

ところが、お焚き上げから一週間も経たずに、家主から立ち退きを迫られた。

この家を売却することになったというのであった。

すでに口約束を交わしてしまい、売れないとなれば家主個人の信用に関わるから、すぐに出ていってほしいとのこと。

伯父は激怒し、母と伯母は途方に暮れた。

だが祖母は、さっさと伝手を頼って別の物件を見つけてきた。

「次の家はふつうの家や。……家主さんは『あの人形をよう持ち出しぇたね』と感心した顔で私に言うたものやざ。あの人は、あれの怖さを知ってたんやの。前々から家を売りたい気持ちはあったが、人形が棲んでるうちは人に売れんと思うてたに違いない」

——そのとき引っ越した家にAは今でも住んでいます。

では、動く日本人形がいた家はどうなったかと言えば、敷地が接していた隣家が購入していました。

こちらもAに住所を聞いて見に行ったのですが、見るからに新しい建物が建っていたので、建て替えたのではないかと思います。

弊社は人形供養をするお寺さんとも取り引きがあるので、Aのおばあさんが供養を頼んだ寺もどこだか見当がつきました。

川奈さんにはお教えします。『僧の怪談』で「お性根抜き」と題して書いてくださった曹洞宗のお寺さんですよ。

ご住職に迷惑がかかるといけませんから、寺の名前と場所は書かないでくださいね。

そうそう、一つ思い出したことがあります。

あの寺に、Aのおばあさんが人形を持っていくときは、家族の誰にも来させなかったそうですよ。

白い布で人形を包んで胸に抱いて持ち、Aの母親に車で送り迎えさせたのですが、母親には寺まで来させなかったと言っていました。

その理由は、引っ張られる可能性があるからとのことでした。

お性根抜きの際に飛び出した悪霊は、近くに心が弱い者がいると、そっちに乗り移って憑依してしまう場合があるといいます。

きっと、そういうことを心配したのでしょう。

## ◎敦賀の地蔵

敦賀には不思議な地蔵の話が、僕が知る限りでも昔から二つあります。

一つは「逆さ地蔵」、もう一つは「堀止め地蔵」。

逆さ地蔵は、滋賀県高島市から福井県敦賀市を繋ぐ七里半《しちりはん》街道、通称「七里半越え」の市橋という集落にあって、文字通り、逆さまなのです。

厳密に言えば垂直に上下逆ではなくて、頭が斜め下に向けられているんですよ。

座像のレリーフですけど、珍妙なものです。

なんでも、元々、逆さ地蔵は、この付近を流れている笙《しょう》の川という清流に架かる橋のたもとに在ったそうなんです。

でも近代に入って、道路工事のために今の場所に移築することになりまして……。

そのとき、逆さまでは気の毒だと考えた工事作業員が、お地蔵さんを真っ直ぐに起こして設置しました。

するとたちまち、この作業員は重い病に倒れてしまったとか。

そこで再びお地蔵さんを逆さまの姿勢に戻したところ、たちどころに病気が治ったので、以来ずっと逆さまのまま安置されているということです。

堀止め地蔵の方も、工事が関係していますが、こちらはもっと古い時代——平重盛《たいらのしげもり》の頃に謂《いわ》れがあります。

平重盛が深坂峠に運河を拓こうとしたのですが、その辺りは岩だらけで工事が難航しました。おまけに、とある大岩を割ったところ、つるはしを振るっていた男が突然腹痛を訴えて苦しみはじめたので、工事を中止して地蔵尊を祀ったとのことです。

――お地蔵さんは、子どもを守護する地蔵菩薩で、ありがたいものだと思うのですが、敦賀には案外祟りと関係のあるお地蔵さんたちがいらっしゃるようです。

祟りを為す地蔵は、逆さ地蔵のような、当地ではそれなりに有名なお地蔵さんだけとは限らないのかもしれません。

僕のご近所さんに、少し霊感がある女性がいます。

彼女は日頃から霊障を受けやすくて、困ったことがあると霊能者に相談していました。その霊能者と彼女は付き合いが長くて、今では友人同士の仲でもあり、信頼関係が出来ているそうなのです。

だから霊視してもらうときは必ずこの人にお願いしていました。

あるとき彼女は海鮮市場でパートタイムの仕事に就いて、住んでいる団地から路線バスで通勤するようになりました。

海鮮市場にもバス停があります。でも早番で終わったときには、あえて街なかまで徒歩で移動して商店街で買い物をしたり、のんびり散歩したりしてから帰宅していました。

ところが、やがて、そういう寄り道をしたときに限って、体調が悪くなることに彼女は気がつきました。

歩いている途中で頭痛がしてきて、だんだん痛みが増し、家に帰ってきたときには吐き気がするほどひどい頭痛に見舞われたそうなのです。

病院で診てもらいましたが何も異常が見つかりません。では、この頭痛は霊障かもしれないと思って、例の仲良しの霊能者に視てもらうことにしました。

霊能者は彼女を視るなり、こう言ったそうですよ。

「お地蔵さまの祠《ほこら》の前を通ってきたね。あんたは、そこへ近づかない方がいい」

「どこ？　お地蔵さんなんてあったかしら？」

「和菓子の笑福堂さんから近い……県道沿いの○○の標識のある信号機のそばに地蔵尊の祠が建っておる。あんたは、そこへ行くたびに霊を乗せてくるから、行かない方がいい」

そう言われてもサッパリ記憶にありません。

でも、思い当たることが皆無かと言われれば、そうでもなくて、その辺で同じ中学の男の先輩が交通事故で亡くなっていました。

先輩は中学時代から地元で知られた不良になって、高校生のときに死んだんです。

彼女は、そこで、先輩の親御さんがお地蔵さんを建てたのかもしれないと考えました。

彼女はいつも僕のところで線香や蝋燭を買ってくれるのですが、あるとき来て、この話をした後に、僕にこう訊ねました。

「死いだ子の霊をお祀りするために、道端にお地蔵さんを建てることってあるかな？」

「ありますよ。ほやけど最近では珍しいことやと思う。昔はようあったみたいですけどね」

「じゃあ、やっぱぁ先輩の親御さんたちが地蔵を建てたんやろうな……。教えてくれてありがとね」

彼女は納得した顔で帰っていきました。問題の信号機を避けて通るようになってからは、急な頭痛に悩まされることがなくなったそうです。

しかし、この出来事には後日談があるのです。

去年の秋の彼岸の頃――この時期はお客さまが多くなることから僕も売り場に立っていたのですが――初めて見る女性のお客さまが線香売り場で立ち止まったきり、しばらく動きません。

そこで「お線香をお探しですか？」と話しかけたところ、

「霊を祓えるお線香を探しています」

と、答えたと思ったら、何かハッとした表情で僕の顔をつくづく見つめたのです。

「あの、何か？」

「失礼しました。私は視えるたちなんです。今回も最近引っ越した先に霊が憑いているので、祓いに効くお線香を買い求めたくて来たのです」

「そういうことでしたら日本の伝統的な製法で作られたお線香が良いでしょうね」

数百年の歴史のある京都の薫玉堂と松栄堂の線香をお勧めすると、喜んで買ってくださって……お会計を済ませる際に、さっきから気になっていたので、「先ほど私の顔をご覧になったとき何か視えたのではありませんか？」と訊いてみました。

するとと、「最近ご友人が霊障に遭われましたね？」と、おっしゃる。

「はい。そうなんです。県道の○○の信号のところに地蔵尊があって、そこで亡くなった男の子の霊の障りが出て……」

「いいえ。そこにいるのは男の子ではありませんよ」

「高校生の不良少年ですよね？　友人の中学の先輩で、高校の時に交通事故で亡くなったそうで……」

「その方ではありません。小さな女の子です。親御さんがお地蔵さんを建てたのですが、母親に似た感じの女性を見つけると、慕って憑いてきたがるようです」

出まかせを言っているようには思えませんでした。

「僕には何も憑いていませんか？」と恐るおそる訊ねてみたら、「大丈夫！」と笑顔で答えてくれたので大いに安心したものです。


昭二さんから地蔵にまつわる話を聞いて、敦賀市周辺の不思議な地蔵尊の伝承をあたってみたところ、逆さ地蔵や堀止め地蔵の裏取りが取れた上に、こんな話を見つけた。

福井県には、およそ千二百年前に拓かれた木ノ芽峠という場所がある。

ここは福井を嶺北と嶺南に分ける峠で、北陸の難所として知られており、一帯には古戦場も多い。南北朝時代、新田義貞の軍勢に数多くの凍死者を出したこともあるという。ちなみに敦賀市は木ノ芽峠の嶺南にあたる。

——さて、これは反対側の嶺北に位置する南条郡南越前町板取に伝わる話だ。

あるとき木ノ芽峠で、馬子が旅人を殺して金子《きんす》を奪った。

旅人が裕福そうだったので、悪心《あくしん》を起こしたのだ。

殺人を犯したとき、ふと眼差しを感じて辺りを見回すと、そこに地蔵が佇んでいた。

「地蔵、言うな」と馬子は言った。

独り言のつもりだったが、地蔵が返事をした。

「地蔵言わぬが、己言うな」

驚いて馬子はその場を逃げた。

月日が流れて、老いた馬子は、若い旅人を馬に乗せて、また木ノ芽峠に差し掛かった。

やがて、あの地蔵のところに着いた。

「これは霊験あらたかな地蔵です」と馬子は若者に話した。

「何か謂れがあるのですか?」と若者は馬子に訊ねた。

馬子はそのときなぜか、この若者に真実を打ち明けたい気持ちが抑えられなくなり、かつてここで犯した罪を洗いざらい告白した。

若者は黙って彼の話を聞いていた。

だが内心では喝采を叫んでいたのである。なぜなら彼は、昔ここで馬子に殺された旅人の息子にほかならず、今まさに仇討ちの旅路にあったからだ。

若者は、馬子と共に敦賀に着くと「我こそは」と名乗りを上げて衆目を集め、一刀のもとに仇討ちを果たした。

そのとき馬子は抵抗するそぶりもなく、自ら進んで己の命を差し出したように見えたという。

この逸話の地蔵尊は「言奈《ことな》地蔵」と呼ばれて、弘法大師の作だと言い伝えられており、今も参拝する者が絶えない。

# モボの帝都怪談集

六十五歳の一朗《いちろう》さんは都内の牧師館で暮らしている。

三十年ほど前に牧師になった。若い頃は会社勤めをなさっていた。

彼の牧師館は父が戦後に建てた家を改装したもので自宅を兼ねており、昭和時代の想い出の品々で溢れている。

三代前から東京生まれ東京育ちの生粋の江戸っ子。

そんな彼から、帝都・東京のモボやモガが登場する、レトロな味わいの実話奇譚をお聴きした。

## ◎カフェーの女給

一朗さんの祖父・茂《しげる》は明治二十八年、目黒で生まれた。

士族の家系だが、茂の父は明治維新の荒波に揉まれるうちにやさぐれて、飲む打つ買うに明け暮れた。お蔭で家計は火の車。大学進学を断念して、東京電機学校へ進学した。

電機学校を卒業後、茂は技官として逓信省《ていしんしょう》に職を得た。

初めは糞真面目な勤め人に徹して、二十一歳で結婚、二女をもうけた。

生活が乱れてきたのは上の娘が小学校に上がる頃で、父のようにはなるまいと思い、賭け事にだけは手を出さなかったものの、残る二つの悪癖、女と酒に夢中になった。

望外の出世をして高給取りになったことも、遅まきの不良化の原因だったと思われる。

東京ではその頃、綺麗な女と旨い酒を提供する洒落た社交場としてカフェが人気を博していた。

そんなわけで、二十九歳の頃の茂は、悪友たちと銀座のカフェにたびたび繰り出した。

夏場は白いパナマ帽に、隅々まで鏝《こて》を当てた麻の三つ揃い。

秋冬は三越誂えのコートと英国製の上等なマフラー。

藤のステッキ、ロイド眼鏡、懐中時計。身に着ける物は流行りの型にこだわった。

いつもつるんでいる仲間たちもハイカラな洋装でキメていたから、三、四人で歩く姿は良くも悪くも人目を引いた。

ここ最近の茂たちのお気に入りのカフェは、タイガーという店だった。

銀座通りのカフェ・タイガーは、去年の大震災の後に雨後の筍《たけのこ》のごとき東京中に出現したモダンな西洋風の店の代表格で、銀座の百獣の王、明治から続くカフェ・ライオンの向こうを張ると言われていた。

実際、タイガーはライオンの斜め向かいに店を構えた。最初から喧嘩腰で、ライオンの餌、もとい客を奪う気満々であった。

タイガーの女給たちは、当初、浅草から引っ張ってきた女ばかりで、ライオンの女よりサービス精神が旺盛だった。

宣伝文句は「美しい女給たちと濃厚なサービス」。そのうちライオンから引き抜いた垢ぬけた女たちが加わったので、真に看板に偽りがなくなった。

茂が好きな女給は、源氏名をカノ子といった。

その秋の日も、悪友共とタイガーへ行くと、カノ子が来るのを待った。

いつも陣取る二階の窓側の席でウイスキーやブランデーを仲間と愉しみながら、胸の裡では今や遅しとカノ子を待ちかねて、半時もすると我慢の緒が切れた。

支配人が挨拶に来ると、プライドを捨てて彼は訊ねた。

「カノ子くんは休んでいるのかい？」

すると、「ああ、カノ子ですか……」と支配人は言葉を濁して、答えづらそうなそぶりを見せた。

まさか身請けされたのか。

そう思うとカッと頭に血が上ったが、支配人の次の言葉で別の種類の絶望を覚えることになった。

「良くない病気に罹りまして、田舎に下がらせました」

「……それは本当かい？」

「はい。残念ながら。もう長くないでしょう。痛ましいことでございます」

「しかし先月来たときは、すこぶる元気だった」

「カラ元気だったのですよ」

彼は合点がいかなかった。

故郷に戻るなら、自分に宛てて何か言づてを残しそうなものだと思った。

「帰る」と宣言して、仲間を置いてタイガーを後にした。

外は黄昏。服部時計店の角を曲がり、有楽町の方へ向けて雑踏を歩いていると、どこかから鈴を振るような若い女の声が。

「茂さぁん」

カノ子だ。

やはり田舎に帰ってなどいなかったのだ。

姿を探して周囲を見回したところ、人垣の中から、見覚えのある艶々とした断髪の頭が現れた。

顔の大きさに比して不釣り合いに大きな眼。猫のようにしなやかな、自称十八歳のカノ子が目の前にひょいと出てきて、「逢えて良かったわ」と言った。

「支配人は、病気で田舎に戻ったと言っていたぞ」

「ごめんなさい。あれは嘘。給金が良い店に乗り換えちゃったの。だから、ほとぼりが冷めるまでは雲隠れしてなくちゃいけなくて。今も見つかったら何されるかわかんない」

「穏やかじゃないな。とりあえず円タクを拾おう」

客待ちしていた円タクに乗って新橋に行った。

新橋のバーでカノ子の肩を抱いて呑むうちに夜が深くなっていた。

今夜こそは彼女の下宿に転がり込んで同衾《どうきん》してやる。心にそう決めていた。

だがバーを出た途端に、彼女は彼の腕から逃れて向き直り、「あたし、帰らなきゃ」と真顔で言った。

「朝まで茂さんといるわけにはいかない」

拒まれるとは思わなかったが、深追いするのもみっともない。

「わかった。下宿に送ろう」

再び円タクを捕まえて、二人で乗り込むと、カノ子が住んでいる日本橋浜町へ向かった。

「お客さん！　着きましたよ！」

突然、耳もとで大声を出されて、茂は飛び上がった。帽子が円タクの天上に当たり、慌てて被り直しながら、「ああ、びっくりした！」と抗議した。

運転手がドアを開けて車内に顔を突っ込んでいた。

「無礼じゃないか。顔を引っ込めたまえよ！　鼓膜が破れるかと思った」

「どうも相済《あいす》みませんね。だけど、もう十回も運転席から声を掛けさせていただいた後なんですよ。死んだように眠っていらっしゃったから、つい」

「もういい。それで、私の連れは？」

並んで円タクの後部座席に座ったはずのカノ子の姿が隣から消えていた。

茂は運転手を押しのけて車から降りると「カノ子！」と呼ばわった。

「お客さん、誰を呼んでいなさるんで？　最初から独りでお乗りでしたよ」

「独りだって？　何を言うんだ。断髪の娘が一緒だったはずだ……」

「いいえ。気味の悪いことを言っちゃいけません。新橋からずっとお客さんだけでした」

「そんなわけはない。彼女はこのビルヂングの！」と茂は、傍らの建物を指差した。

「三階に住んでいたんだからね。去年から何度も送ってきたから間違いないんだ」

「そうだとしても、今晩はお客さん独りでした。女のお連れさんなどおりませんでした」

運転手は表情に怯えを滲《にじ》ませていた。

茂は深呼吸をして冷静になろうと努めた。

「……わかった。車のところで少し待っていてくれ。時間なりの御礼はちゃんとする」

運転手を待たせておいて、カノ子の下宿を訪ねた。

彼女は、震災後に出来たビルの三階に部屋を借りていた。

階段を上るとすぐに「虎屋カノ子」というふざけた偽名の表札を掛けたドアがあるのだ。

——表札が外されていた。

悄然と、何もないドアを見つめていると、隣の部屋から中年の女が顔を覗かせた。

「そこなら空き家だよ」

「カノ子という女が住んでいるでしょう？」

「知らないね。昨日越してきたばかりだから。お役に立てなくて悪いね」

茂は再び円タクに乗って、妻子がいる家に戻った。

明くる日の夕方、昨日タイガーへ一緒に行った友人の一人が、大手町の仮庁舎まで彼を訪ねてきた。

「話したいことがあるんだ。軽くビールでもどうだい？」

「いいね。こちらも変なことがあったから、聞いてもらいたいと思っていたところだ」

近くに手頃な洋食屋があった。ビールとカツレツを注文して、まずは茂が打ち明けた。

友人は心持ち蒼ざめながら、黙って彼の話を聞いた。

そして、おもむろに口を開いた。

「そういうことなら、是非とも君に話さないわけにはいかないな。君がタイガーを出ていった後のことだ。いつものように僕らは長居をした。僕の馴染みの女給、あいつは酒好きな癖に手もなく酔っぱらうたちで、酔うと口が軽くなる。昨日も最後の方は支配人に口止めされている話をベラベラ喋りやがった。……カノ子くんのことだったよ」

茂は、昨日の支配人の顔や態度を思い返した。

円タクの運転手の怯えたようすも脳裏をよぎった。

もう正解はわかっていた。

「カノ子くんは亡くなったんだね？」

「そうだ」と友人は沈痛な面持ちでうなずいた。

「一週間前にね。出勤してこないので支配人がボーイを下宿に行かせたら、玄関が開いていて……死に顔は綺麗だったそうだ。遺書があって、胸に腫物が出来て医者に診てもらったところ、手の施しようがないと言われたと書かれていたそうだ。腫物が大きくなって次第に痛みも増してきたことから、恐ろしさに耐え切れず、昇汞水《しょうこうすい》を飲んだのだ」

すでに亡骸は荼毘《だび》に付されて、遺書もお骨と共にカノ子の実家に届けられていた。

茂が「お別れに来てくれたんだな」と涙ぐむと、友人は「牡丹灯籠のようなことにならなくて良かった。カノ子くんの優しさに感謝したまえよ」と言った。


※昇汞水：致死性の毒があるがかつては消毒薬として一般に売られていた。

## ◎円タクの少女

その日、一朗さんの母・千寿子《ちずこ》は両親と一緒に銀ブラを愉しんだ。

父の茂は目黒生まれで、若い頃はモボで鳴らした。母も小粋な女で、こちらは浅草っ子。

昭和一五年春の銀座は、母に言わせれば「見る影もない」とのこと。

去年から、国民精神総動員委員会は歓楽を慎み節約に励むべしとする国民刷新案を掲げて、奢侈《しゃし》を敵視するようになった。

だから毎月一日の興亜奉公日には華やかなお店はみんな閉まってしまう……のみならず、贅沢な身なりやご馳走を慎むように奨励された結果、高級店や遊戯場がじわじわと閉店に追い込まれつつある。

また、最近では英語由来の固有名詞も「軽佻浮薄《けいちょうふはく》の敵性語」と指摘されるようになってきたが、だったら東京のにぎやかな街は死に絶えるしかなさそうだ。

着る物も食べ物も、店の名前もカタカナだらけなのだから。

それでも両親は十二歳の千寿子を連れて、東京府立第八高等女学校に入学したお祝いをしようと銀座を訪れた。

父の行きつけの洋食店で誇り高い店主が提供しつづけているビーフシチューとサラダとパンを食べ、映画館で映画を見て、最後にデパートで買い物をした。

「荷物が多いから円タクに乗ろう」と父が提案した。

タクシー乗り場に行列が出来ていた。

千寿子たちの前に、これから乗ろうとしている家族連れがいた。

鼠色の着物の婦人と黒いインバネスの紳士、そして千寿子と同じ年頃の女の子。

少女が膝丈のサックドレスを軽やかに着こなしていたので、紺サージの制服を着てきたことに後悔の念が湧いた。

せっかくの銀ブラだもの、洋装でお洒落してくれれば良かった……。

サックドレスの少女が悪戯《いたずら》っぽい一瞥《いちべつ》を千寿子に投げかけながら、前のタクシーに乗った。続いて自分たちも後続の一台に乗り込んだ。

どちらの車も、二人掛けの座席が向かい合わせに付いているリムジン・タクシーで、後部座席に腰かけると、先の車の前側の座席に座った少女と向かい合う形になった。

少女も、そのことに気づいた。

明るい笑顔を弾けさせて、千寿子に向かって大きく手を振った。

——面白い子だ。あの子、第八高女に来ればいいのになぁ。お友だちになれそう。

走りはじめた円タクの中で笑顔で手を振り返していると、両親にたしなめられた。

「千寿子ったら、何をしているの？　およしなさい」

「誰に向かって手を振っているんだ」

「前の円タクに私ぐらいの女の子がいて、手を振ってきたから振り返したのよ」

日比谷通りは渋滞だった。前方の少女はさすがに飽きたのか手は下ろしたものの、まだニヤニヤと笑いかけてきている。千寿子も微笑を返した。

「そんな女の子が乗り場にいたかしら？　あなたは憶えてる？」

「いや。法事帰りみたいな服装の夫婦者がいたが、子どもは連れていなかったよ」

千寿子は両親の会話に口を挟みたくなった。素敵なサックドレスを着た子がいたよ、と。

言わなかったのは、急に円タクが横揺れしたからだ。

「すみません！」と運転手が言った。「車線を変更しました。これで、ようやく前に進むでしょう。遠回りにはなりませんのでご安心ください」

たしかに車は急にスムーズに前進した。

愉快な少女を乗せた円タクを追い越して、次の信号では真横に並んだ。

千寿子は横の円タクを覗き込んだ。

――少女の姿が無い。

父が「法事帰り」と表現した、インバネスの紳士と着物の婦人が陰気なようすで後部座席に並んで座っているばかりであった。

「隣の車？」と母が話しかけてきた。「女の子なんて乗っていないじゃない！」

「乗ってたのよ！」と千寿子は言い返した。

家に着くと、両親が先に降りた。

降りようとすると、運転手が千寿子に手を貸してくれた。

「私は本当に見たんです」と彼女は運転手に言った。口に出すと悔しさが込み上げてきて、

「嘘じゃないのに！」と八つ当たりしてしまった。

すると運転手が真剣な目つきで、「わかります。前のタクシーには娘さんも乗っていらっしゃいましたよね。お嬢さんと似たような年頃のお子さんでした」と応えた。

「たまには、こういうこともありますよ。本当に広い世の中ですから」

――一朗さんの母の千寿子さんが、次に洋食や買い物を愉しむのは戦後のことになった。サックドレスの少女は良い時代のうちに亡くなっていて、父母に篤く弔われていたのだろう。鼠色の着物は略喪服だ。茂さんの言うとおり、法事帰りだったのだと思われる。

## ◎大阪から来た級友

昭和十年師走。東京電機学校の同級生が大阪から上京することになり、茂は上野駅に出向いた。

同級生のAと茂は、共に四十歳。

卒業後、茂は逓信省、友人は社団法人東京放送局（現NHK）の大阪支局に就職した。同級生の中では最も親しかったが、社会に出てからは葉書のやりとりをするだけで、再会する機会を持たなかった。

近況報告の便りが時候の挨拶のみになり、それすら最後に貰ったのは三年以上前になるから、Aから久しぶりに葉書が届いたときは驚いた。

《茂くん、久方ぶりに逢おうじゃないか。旧交を温め合うには程好《よ》い時分だと思う。師走八日、大安の日曜、午后二時に上野駅着予定だ。どうだろう》

ぶっきらぼうなところが実にAらしく、茂はニヤニヤしてしまった。

出逢った頃のAはバンカラな男だった。茂の影響で多少は服装や物腰がスマートになりはしても、どこか隠しきれない野性味が残っていた。

——四十になっても変わらないんだな。

関東大震災後の大阪は、東京に代わる都市として大幅な発展が見込まれ、「大大阪」と呼ばれるようになった。ラジオ放送の普及には目覚ましいものがあり、大阪でもそれは変わらないと聞く。

最後に近況を報せてきたとき、Aは「課長になった」と言っていた。

あれから五、六年は経つから、今頃は立派な持ち家を建てていることだろう。

返信には《上野駅のホームで待つ。暖かくして来いよ》と書いた。

上り線が着くホームで小一時間前からベンチに座って本を読んでいたところ、「おう」と頭上から声が降ってきた。

Aだった。本を指差して「よほど待たせたね」と言った。

「いや。早くから来ていたんだ。荷物は？」

「社員証を見せたら駅長室で預かってくれたよ。職権乱用かな？」

「悪い奴め。じゃあ、さっそく何か食いに行こう」

二人してたちまち学生時代の気分を取り戻した。昔と違うのは懐の温かさで、地下鉄で浅草に行けば銘店・今半のすき焼きを堪能し、市電に乗って神田界隈へ繰り出せば店を梯《はし》子《ご》して欲しいままに飲み食いした。

「八時を回った。今夜はうちに泊まるだろう？　上野駅に行って荷物を取ってこよう」

夜があまり深くならないうちに……と、茂は気を回した。

だがAは頭を振って、「実は明日が朝早いんだ。上野から宿に向かう。もう予約を入れてしまった。また会えるから、今夜はここでお開きとしよう」と言った。

茂はAをタクシー乗り場で見送った。最後にAは力強く彼の手を握った。

帰宅すると、玄関で彼を出迎えた妻が電報の紙を差し出した。

――Aの訃報を告げる電報だった。

「あなた、今日はAさんに逢うと言っていましたよね。逢えたのですか？」と妻が問うた。

「ああ。逢ってきたよ」と茂は答えた。

電報には、Aは三年前から大阪の病院で病気療養に努めていたが、先月の二十五日に逝去した旨が簡潔に記されていた。

茂は臨終の日付を見て、あることに気づいた。

そこで書斎に飛んでいくと、それを確かめるためにAの最後の葉書を捜した。

文箱に放り込んだという記憶があったが見つからず、あちこち捜したが……。

「何をなさっているの？」

振り向くと、書斎の入り口に妻が立っていた。

「葉書を見なかったか？　最近Aから届いた葉書だよ」

「見ていません。最近っていつのことです？」

「先月末頃だ。でも、十一月二十五日の消印が捺《お》されていたと思うんだ」

「先月の二十五日って……それはAさんがお亡くなりになった日なのでは……」

「そうなんだ！　信じられないかもしれないが、僕は今日、本当にAに逢った。上京を報せる葉書を貰ったから会う約束をして、午後二時頃に上野駅で待ち合わせて……」

「あなた、午後二時といえば、私が電報を受け取った頃ですよ」

夫婦はどちらも言葉を失って顔を見合わせた。

後日、大阪のAの実家に電報を送り、茂が返信した葉書が届いているか確認してもらったところ、こちらはしっかり届いていて、未亡人となったAの妻によって大切に保管されていることがわかった。

Aの妻から封書の手紙で送られてきた返信によれば、Aは病に倒れる前に家を建てていた。

《今は私が働いて夫の家と子どもたちを守っております。不思議なことですが、十二月八日の夜に夫が「ただいま」と言って帰宅する夢を見ました。夫は東京の旧友に逢いたいとかねがね申しておりました。帰ってきた夫の声は満足そうでございました》

## ◎お抱え運転手の話

一朗さんの祖父・茂の生家は、当時は郊外だった目黒にあり、裕福な時代には、馬たちと厩舎、二頭だての馬車を有し、御者兼馬係を住み込みで雇っていた。

だが、大正四年頃に、家の経済的な先行きが不安になってきたことから、馬や馬車などを手放した。

そして馬の代わりに車を購入し、厩舎をガレージに、御者兼馬係を車の運転手にすることにした。

運転手を新しく雇い入れるのではなく、馬しか扱ったことのない御者の伊介《いすけ》に自動車の運転を練習させて、お抱え運転手に仕立て直したのだ。

大正四年には運転免許が要らなかったので、そんな真似も出来た。

ちなみに自動車の免許制度は、大正八年に施行された「自動車取締令」に合わせて始まった。その頃には茂は逓信省に入省して実家を離れていたが、伊介は免許を取得して、あいかわらず運転手を続けていた。

正確を期すならば、伊介の肩書は「自動車運転技師」だった。

要は運転手なのだが、当時は自動車が最先端のテクノロジーだったがゆえ技術職としての世間の評価が高かったようだ。

茂の父が買ったのは、黒塗りのボディがピカピカ光るアメリカ製のビュイックだった。

——これは私・川奈まり子の推察だが、ビュイックを大正四年に買うようでは、全然節約にならなかったと思われる。

茂の父は、本項目の一話目「カフェーの女給」に前述したように、やさぐれた浪費家だった。資産家ではあったが商才に欠け(士族には商売が下手な者が多かったと言われている)、飲む打つ買うで身上を食い潰しかけた人だ。

馬車を処分しても大正四年にビュイックを買うあたりに、見栄っ張りで破滅型の性格が表れているように感じる。

それと言うのも、一九一五年、つまり大正四年はビュイック日本初上陸の年で、我が国で当時これを買うことには、現代人が自家用ジェット機を購入するのと同じような金銭感覚を要したからだ。

モータリゼーションの波が日本へ到達するのは遅かった。

この年、アメリカではすでに一般大衆が自家用車を持ちはじめていたが、まだ日本では限られた人々の持ち物だった。

そんな中、梁瀬自動車株式会社（現・株式会社ヤナセ）が、当時の宣伝カタログに記載された日本版の車名では「ビウイク号《ごう》」ことビュイックを輸入販売したわけだ。

当然、購買層は華族や財閥といった富裕層と、官庁や軍の上層部といった湯水のように金が使えるお偉いさんに限られた。

貧乏になりつつある士族にとっては、背伸びした買い物だったのではないか。

枕が長くなったが、ここからが怪談。

——伊介が茂に語った不思議な話をご紹介する。

ある日の夕方、伊介は主人を新橋駅まで送った。

「明日まで帰るつもりはないから、伊介は邸に戻りなさい」と、上機嫌で主人は言った。

仕方のないご主人さまだと呆れつつ、この機会にドライブを愉しむことにした。

黄昏の帝都。日比谷通りから愛宕山付近へ。

しばらく車を走らせると、大きな邸の門前に差し掛かった。

ヘッドライトが立派な冠木門を照らしたところ、閉じた門扉の前で三、四歳の子どもが両手で顔を覆って立っていた。

どうやら大泣きしている。

門の手前に車を停めて、子どもに駆け寄った。

ワーワー、ワーワー、声を放って号泣していて、伊介の方を見向きもしない。

つんつるてんの絣の着物を着て素足に下駄を履き、帯に紐を挟んで巾着袋を提げている。

「坊や、どうしたんだい？　泣いてちゃわからない」

屈んで肩や背中を撫でてやりながら、根気強く訊ねたところ、しゃくりあげながら子どもが言うことには……。

「かあちゃんに連れてこられて、ご用が済んだら迎えにくるよって言われたの。待ってたけど、かあちゃんが来ない」

「そうか。坊やの歳はいくつ？　お名前は？」

「四つ。名前は次郎」

手縫いの巾着袋の中には、握り飯が一つと小銭ばかりで五十銭が入っていた。

伊介は暗澹たる気持ちになった。

――この子は捨て子だ。

貧乏な親が食いつめたあげく、裕福な家の門前や橋のたもとに幼児や赤ん坊を置き去りにするのは、よくあることだった。

口減らしの方法としては殺さないだけマシで、握り飯と小銭を持たせるのは、かなり良心的だと言えた。

伊介は、大正時代を使用人として生きる人間の最大の善意を発揮して、この子をお寺に連れていくことにした。

現代人なら警察に通報するところだ。

しかし伊介にとって警察官は、おっかなくて威張っていて、下々の話はちっとも聞かず、隙あらば袖の下を要求する輩であったから、警察は思いつきもせず、懇意にしている寺の住職の思慮深そうな顔が頭に浮かんだのであった。

「次郎、おいちゃんの車に乗せてあげよう。凄い車だろう。メリケンのビュイックというんだ。ほーら。広いだろう？　……旦那さまがご一緒じゃなくて良かった」

伊介は思った。主人は「当家の家人と賓客《ひんきゃく》以外は乗せてはならん」と言っているが、神さま仏さまが許してくださる、と。

件の住職がいる寺に着くと、伊介は次郎を抱きかかえて山門を叩いた。

檀家の支持が篤《あつ》い、目黒辺りで一、二を争う古刹《こさつ》である。

廃仏毀釈運動の嵐をくぐりぬけ、お歴々との付き合いを持ちつつも拝金主義に走らず、清浄な仏道を歩む住職であり、寺であった。

山門を開けに来た弟子に招じ入れられ、本堂で少し待たされた。

五分あまりして住職がやってきて、伊介の方をひと目見るなり、弟子たちを下がらせた。

「ご住職、この子を預かっていただけませんか」

住職は還暦を二つ三つ過ぎた年頃で、数多の神秘的な霊験を体験しながら、現世を生きる民草の苦労をも知っていた。

ゆったりと構え、温かな微笑を添えて伊介に問うた。

「どんな子なのか教えてくれますか?」

「次郎といいます。四歳で……」

伊介は次郎を拾った経緯を話した。

「それで、次郎を預かっていただけるでしょうか」

「いいえ。拙僧の視るところ、その必要はないでしょう。私たちはここで次郎の母親を待ちましょう。きっと来ますから、それまでの間、読経いたしましょう」

住職はそう言うと、読経の支度を始めた。

伊介は住職が言ったことが理解できず、落ち着かなかった。

「ご住職、次郎の母親は、この場所を知りませんよ？　本当に来るのですか？」

「来ます。伊介さんが疑うと、次郎が心配します。次郎の母は必ず来る。そう信じてあげてください。……さあ、手を合わせて。憶えているところだけで構いませんから、伊介さんも声を出して唱えてください」

――読経は長く続いた。

次郎は、伊介のあぐらをかいた脚の間にすっぽりと納まって、眠ってしまった。

一方、伊介はしばらくすると、お経に飽き飽きしてきて、何もかも放り出して帰りたくなった。

しかし、それは一時のことで、我慢して聞いているうちに時間の感覚が消えた。

頭が空っぽになり、いつまででも住職の読経に付き合っていられるような気がした。

それでも、明り取りの窓から朝陽が差してきたときには驚いた。

――何時間お経を読んでいたんだ！　夜が明けてしまったではないか！

住職の弟子たちが、本堂の雨戸をガラガラと音を立てて開けはじめた。

生まれたての柔らかな光と新鮮な大気が辺りを満たすと、次郎の姿がみるみる薄れて消えていった。

住職は静かに読経を終えると、驚きのあまり声も出せずにいる伊介に向かって、こう告げた。

「実は、初めのうち拙僧の目には次郎という子どもの姿は映りませんでした。伊介さんはまるで空気を抱いているようでした。人払いをしたのは、若い坊主があなたに好奇の目を向けるのは好ましくないと思ったからです。……伊介さん、あなたは凄い」

「私が？」

「はい。最後には拙僧の心眼も開きましたよ。祈るうちに幼子の姿が視え、一人のご婦人が天から降りてそれを抱きしめる尊い姿も視えました。母子は、あなたに深く感謝していました」

「……次郎と母親の正体は何なんですか？　離ればなれになっていた親子の幽霊？」

「そうですね。幽霊と呼んでもいいでしょう。ただし今は次郎と母は仏となり、いずれ菩薩となって永遠に苦しむことはありません。伊介さんのお蔭でご供養できたのですよ。大きな徳を積まれましたね」

ビュイックに乗って邸に戻ると、間もなく主人も帰宅した。

伊介は、昨日から今朝にかけての出来事を主人にすべて打ち明けた。

「驚いた。うちのビュイックに、どこの馬の骨ともわからぬ子どもを乗せるとはね……」

「申し訳ございません」

「なぜ謝る？　私はね、おまえさんの善心に感じ入ったんだよ。またそういうことがあれば、同じように乗せてやりなさい」

この話を伊介から聞いたとき、茂は実家のガレージでビュイックのメンテナンスを手伝っていた。

逓信省に二十歳で入省して七年目。大正十一年の秋だった。

「この電灯線の通る時代に、幽霊なんて出やしないよ」と彼は笑った。

すると伊介は、キセルを煙草盆に軽く叩きつけて灰を捨て、

「坊ちゃん、私の怪談は、まだ他にもありますよ。聴いてくださらんか」

と言って、別の話をしはじめた。

伊介が主人をさる御方の麹町《こうじまち》の私邸にお連れした帰り道での出来事だ。

帰りはその家のお抱え運転手が送るから待っている必要はないと言われた。

近頃、主人はときどきこの辺りの邸を訪問する。

この機会に道を覚えておこうと思い、ところどころで車を停めて地図を確かめながら、屋敷町周辺を車で巡った。

番町辺りの路地で道の端に停車して地図を見ていたところ、後部座席に荷重が掛かった

感じがした。

何かが上から落ちてきたような……。あるいは誰かが乗ってきたような……。

だが、振り向いても後部座席は空っぽである。

つい先日、次郎という子どもの幽霊を乗せてやった件を連想した。

あのときは人間の子どもだと思い込んで寺に連れていったのだ。

図らずも供養できたが、初めのうち住職には子どもの姿が見えなかった。

——もしや今回も幽霊か？　こんどは自分の目にも映らないのか？

伊介は試しに、後部座席のドアを開けて、何も無い空間に向けて語りかけた。

「どなたかおいでか？　無断で乗られては困る」

言い終えると同時に、彼の頭の中でか細い女の声が話しはじめた。

「私は、そこの邸の女中でした。玉川村で夫と力を合わせて幼い娘を育てておりましたが、夫を肺病で亡くし、私は伝手を頼って奉公に出たのです。ところが、このたび私も胸を患って死んでしまいました」

やはり幽霊だ！

耳に聞こえるのではなく脳に直接言葉が流し込まれる感覚は、たとえようもなく不気味ではあったが、我慢して女の話を傾聴することにした。

また徳を積めるものなら積もう。

「なんともお気の毒なことです」と合いの手を入れて、女に続きを促した。

「辛いことばかりの世の中です。でも邸の主は悪い人ではありません。寺に心づけをして私を供養し荼毘にも付して、玉川村の者にお骨と見舞金を取りに来させる相談をしています。ありがたいことです。でも、不幸は我が身にとどまらず、村の家族に託してきた私の娘が、今朝方、息を引き取ったのです。夫や私と同じ病で……」

「ああ、それは辛い。しかし、どうやってそのことを知ったのです？」

「亡者には神通力が備わるものとみえて、死んでからは、遠い場所のことも手に取るようにわかるのです。玉川村に私を連れていってくださいませんか。我が子の死に目には会えませんでしたが、せめて焼かれる前に顔を見とうございます」

「でも、あなたの体は、そこのお邸にあるのですよね？」

「今は置いていきます。魂が体から離れてしまいましたから、大丈夫です」

そういう次第で、伊介は霊魂だけになった女を玉川村に連れていくことになった。


——ここで茂が伊介に訊ねた。「玉川村って、どこだろう？」

「東京市荏原《えばら》郡玉川村ですよ。世田谷村の隣で、多摩川流域の農村地帯です。もっとも田畑の開発が進んだのは大正に入ってからのようですね」

「よく知ってるなぁ！」

「女の魂を送っていったときに、直接、村長から聞きましたからね」

女が「死んだ今なら、手に取るように道順がわかります」と言うので、指示に従って車を進めているうちに、ビュイックは玉川村に到着した。

ヘッドライトを光らせて現れた黒塗りの自動車を見て、鄙《ひな》びた集落のそこかしこから人が出てきて車を遠まきにした。

袖を引き合ってこちらを眺めている村人たちに、伊介は当惑と気恥ずかしさを覚えた。轢《ひ》いてしまいそうで怖くもある。

車を停めようとすると、後部座席の女の霊が言った。

「ゆっくり、もう少し先まで進んでください。この道の突き当たりを曲がれば、提灯が見えてきて、そこに紋付き袴の男が立っていますから、その人にわけを話してください」

はたして、言われたままに行ってみると、店屋の宣伝に使うような大きさの白い提灯を玄関の左右にぶらさげた家があり、家の前に、黒い紋付き袴の男がいた。

ビュイックを見て、腰を抜かしそうなほど驚いている。

停車した瞬間、後部座席の荷重が消えた。

「ここですよ」と女の声が頭の中で彼に告げた。

車を降りて近づきながら紋付き袴の男に話しかけた。

「怪しい者ではありません。番町のお邸の方から参りました」

「おお、番町の！　では姉の件で？」

「はい。お聞き及びか存じませんが、不幸なことに、姉上も女中奉公されていた主家でお亡くなりになったところで……御霊《みたま》をお連れしました」


——茂は「それは信じてもらうのに骨が折れたに違いない」と伊介に言った。

「いいえ」と伊介は応えた。「子どもが亡くなったのは朝でしたから。女の実家から番町の奉公先に出した急ぎの使いが先に戻ってきていたんですよ」

「なるほど、だから話すそばから嘘じゃないことが証明できたわけだ」

「はい。着いた一、二分後には子どもの棺の前に座っていました。次郎よりは少し大きい六つか七つぐらいの女の子でしたね。不思議なことに家に着いてからは女の声が聞こえず、気配も感じなくなりました。親子で手と手を取り合って成仏されたのかもしれません」

伊介は話を終えるとキセルの灰を落とし、主人に貰ったハンカチで包んで懐にしまった。

## ◎初恋のツィゴイネルワイゼン

一朗さんの母・千寿子は二人姉妹で、四歳上の姉がいた。

昭和十五、六年の頃、次第に世の中が息苦しくなる中で、姉妹の愉しみはレコード鑑賞だった。

数年前に父の茂が電気蓄音機を自作した。電機学校卒の技官の面目躍如といったところで、本体は完全に手作り。外装だけは家具職人に発注した。

千寿子が十二歳で第八高女に入学した頃に、父が小柄な青年を家に連れてきた。

「彼はBくんで、東京物理学校（現・東京理科大学）を出て入省した、なかなか優秀な青年なんだ。休憩中に話をしたら、ハイフェッツが好きだというじゃないか。そういうわけで『ツィゴイネルワイゼン』を聴かせてあげようと思って連れてきた」

Bは、はにかんで「はじめまして」と千寿子と姉に挨拶した。

十六歳の姉とBはあまり背丈が変わらず、パッと見たところは同じ年頃のようだった。東京物理学校など旧制専門学校の受験資格は十七歳以上のはずだから、実際にはBはこのとき二十歳を超えていた。

しかし、華奢な体格と雛人形のように整った顔立ちが相まって、どうかすると少年のように思われた。

Bが帰っていった後に、茂は、Bが小児結核の病歴があって小柄なために徴兵検査の甲種・乙種が不合格だったことを話した。

「身長一五五メートル未満で丙種（国民兵合格）、ただし病歴が考慮されて丁種（徴兵免除）に準ずるとされたそうだ。召集される気遣いがないから、早く嫁さんを世話してやらなくてはいけない」

徴兵検査に落ちたエリートは、人一倍、社会に溶け込む努力をしなければ、ことあるごとに虐められた時代である。

モボだった茂自身も今の世相にやりづらさを感じていた。

彼が愛したファッションや音楽は西洋由来のものばかりだったから。

ヤッシャ・ハイフェッツの『ツィゴイネルワイゼン』は、戦前のクラシック音楽通の間ではサラサーテの同曲演奏と並んで人気が高かった。

だが、元よりレコード一枚の価格が肉体労働者の日当と同じぐらいと高かった上に、昭和十五年に「ぜいたくは敵だ」をスローガンとした奢侈品等製造販売制限規則が施行されると、ほぼ入手不可能になってしまった。

おまけにハイフェッツは一九二五年（大正十四年）にアメリカの市民権を得たロシア人で、茂が持っていたレコードもアメリカで録音されたものだったので、聴いているだけでも取り締まりの対象とされていたのだ。

Bは茂に同好の士の香りを嗅ぎ当てたのだろうが、「ハイフェッツが好き」と打ち明けたのは大きな賭けだった。

そんなBを家に連れてきてお宝を見せた茂も、危ない橋を渡っていた。


それからというもの、Bは三日にあげず家に通ってくるようになった。

平日は茂に伴われて家に来て夕食と音楽を愉しみ、休日は朝から遊びに来た。

「このまま、うちの婿さんになっちゃうか」などと茂はBをからかっていた。

まんざら冗談でもなさそうだと千寿子は感じていた。

——おとうさんは、おねえちゃんとBさんを結婚させたいんだな。

そう思うと、千寿子は自身の幼さが少し悔しくなった。

Bは、兵隊には向かないかもしれないが、心優しく、博識なのに威張ったところがない、素敵な青年だった。

正しい紅茶の淹れ方や、数学の宿題のわからないところを、丁寧に教えてくれた。

姉もBに惹かれはじめているようで、彼のためにマフラーを編んでいた。

冬が訪れようとしていた。

昭和十六年の晩秋。翌月には真珠湾攻撃、そして日米が開戦するという時季に、Bは逓信省の仮庁舎で倒れた。

激しく咳き込んだと思ったら、膝から崩れ落ちて失神したのだという。

千寿子が学校から帰ると、いつもは暗くなってから帰宅する茂が玄関にいたので驚いた。

「千寿子おかえり。先にみんなで夕飯を食べておくれ。おとうさんは、これからBの入院手続きをしてやらなきゃいけないから」

「Bさん、入院なさるの？」

「職場で倒れて……肺結核のようだ。この十年ほど元気で過ごしていて、本人もとっくに完治したと信じていたのにな……かわいそうだが……」

それきり、茂は家では二度とBの名を口に出さなかった。

姉は目に見えて生気を失った。姉が家族に隠れてときどき泣いていることを千寿子は知っていたけれども、誰にも言わなかった。

姉の初恋は、哀しい結末を迎えたのだ。

茂が「かわいそうだが」と言った意味は、十三歳の千寿子にも察せられた。肺結核に倒れた男に娘はやれない。彼は父親として、そう考えたのだろう。

ところが入院から一ヶ月後、黄昏どきにBがふらりと家を訪れた。母は買い出しからまだ帰ってきておらず、姉妹が留守番していた。

突然の来訪に驚いている姉と千寿子に向かって、Bは気恥ずかしそうに笑いかけた。

「心配かけて、ごめんね」

姉は感極まって涙ぐみ、「もう大丈夫なの？」と彼に訊ねた。

「うん。レコード、また聴かせてもらってもいいかな？」

「あまり大きな音では掛けられません。それでも良かったら……」

「よかった。もう聴くことが出来なくなりそうだから、最後に『ツィゴイネルワイゼン』を聴きたかった」

「電蓄の音量調節の仕方はわかりますか？　先に居間で聴いていてください。お紅茶を淹れてきます」

姉と千寿子が台所で紅茶の支度をしはじめると、居間の方からハイフィッツが奏でるバイオリンの調べが流れてきた。

「おとうさんも、お喜びね」と千寿子は姉に言った。

「そうね」と姉は頬をバラ色に染めて答えた。

『ツィゴイネルワイゼン』は物悲しい曲だと千寿子は思っていたが、このとき聴いたそれは、ひたすら高潔で美しかった。

姉はまた目に涙を滲ませていたけれど、嬉し泣きだということは何も聞かずともわかっていた。

紅茶の準備が整って、Bの待つ居間へ行きかけたそのとき、電話が鳴った。
紅茶セットの載った盆を掲げた姉が、「千寿子、出て」と言った。
急いで玄関ホールの電話台に飛びついて、受話器を取った。
――Bを病院に見舞いに行った父からの、彼の危篤を告げる電話だった。
千寿子は悲鳴をあげて受話器を置いた。
と、同時に、居間の方から姉が泣き叫ぶ声と瀬戸物の割れる音が聞こえてきた。
急いで駆けつけたとき、姉は床にへたりこんで、電気蓄音機を呆然と眺めていた。
ちょうどそのとき曲が終わった。
Bの姿はどこにもなかった。
姉と二人、暮れなずむ居間で抱き合って震えていると、再び電話が鳴った。
姉は魂が抜けたようになっていたので、仕方なく、また千寿子が出た。
再び父からだった。
「Bくんは今しがた息を引き取ったよ」

――一朗さんのご自宅には現在も、この話に登場する電気蓄音機があり、今でもレコードを掛けることが出来る。
「完成年月日の日付が記されていて、それによると昭和九年です。祖父はクラシックよりもジャズが好きで、ジャズのレコードを蒐集していました。戦時中は秘密のジャズ仲間と協力し合って、レコードや蓄音機を田舎に疎開させることに成功しました」

戦火を逃れたコレクションを、一朗さんは今も大切に保管している。

「うちの電蓄については、僕もこんな不思議な体験をしました。三年ぐらい前のことですが、深夜、古いレコードを聴いていたら、電蓄の裏から小学校低学年ぐらいの坊主頭の子どもが出てきたんです。で、僕を見て驚いた顔になった。びっくりするのはこっちですよ。ふつうの日本人の顔つきの男の子でしたが、着物を着ていて、現代っ子と雰囲気が違いましたし……」

一朗さんは、その子の方へ行こうとして、座っていたソファから腰を浮かした。

するとそのとき、晩年の姿で祖父（茂）が、これもまた電蓄の陰からニューッと伸び上がるようにして現れた。

「祖父は僕にこう言いました」

——すまんな。これは幼馴染なんだ。小学校のときの同級生でヤノというんだが、流行り病で死んだんだ。じゃあな。

そして二人で電蓄の後ろ側に隠れた。

かくれんぼでもするかのように低く屈んだ、と、思ったら、みるみる電蓄の影と一体化して消えてしまった。

# 怪談クラブの夏合宿

怪談クラブの顧問を務めていた竹内先生が急逝したのは、葉介《ようすけ》が私立男子校の高校二年のときだった。

竹内先生は高校ではいわゆる名物教師の立ち位置で、怪談を語るのが上手すぎて学内でも機会があれば怪談を披露していた。

葉介は、それまで怪談など聴いたことがなかったが、部活紹介のオリエンテーションで竹内先生の怪談を聴いて、あまりの面白さに衝撃を受け、怪談クラブに入部した。

本当は英語教師なのに、竹内先生といえば「ああ、怪談の先生でしょ?」と部員以外の生徒はもちろん、へたをすると生徒の保護者まで知っていた。

高一の臨海学校では、言うまでもなく竹内先生と怪談クラブの部員が大活躍した。

先生の落語とも講談ともつかない語りの妙と持ちネタの豊富さは、いったいどこから来ているのか不思議だった。

「本を読みなさい。一に読書、二に読書。三四が無くて五に読書だ。小説でも哲学書でも、とにかくいっぱい読んでいれば、怪談の腕も成績も、どんどん上がるから」

そう教えられたので、にわかに読書家にもなった。

部員は各学年に五人ずついた。全員、竹内怪談のファンだった。

そんな先生が、悪性の脳腫瘍で、病気が発覚してからたった一ヶ月で死んでしまった。

享年五十。七月二十五日が命日になった。


「竹内先生、春の修学旅行のときは元気に怪談を語ってくれていたんですよ」

――二年生の葉介と部長のAが部を代表して、葬儀告別式に参列した。

竹内先生の家は辻堂にあった。二人とも行くのは初めてで、東京都心から向かう電車の中で先生の想い出を語り合った。

「六月に倒れて、もう亡くなったなんて、ちょっと信じられないな」

「部長は、最後の部活のときに先生が言っていたことを憶えてますか？」

「忘れるわけがない。夏休みになったら先生の家に……」


「夏休みになったら先生の家に泊まりにこないか？」と、何の前触れもなく竹内先生が言いだしたのは、その日の部活の終わり頃だった。

「うちは神奈川県藤沢市の辻堂にある。海が近くて魚が美味い。海水浴場もあるぞ」

怪談クラブ初の夏合宿だ。

しかも海水浴場だって？

十五人の部員は一斉に沸き立った。

葉介はもうすっかり行く気になっていた。

「雑魚寝してもらうしかないが、来たい者は挙手！」と先生が言うと、全員が手を挙げた。


竹内先生の家は大きかった。

軒や縁側は傷んで、かなり古そうな建物だが、旅館か寺院のような広さがある。

鯨幕が張り巡らされ、庭から沓脱石を踏んで広間に上がるようになっていた。畳敷きの広間の奥に花々で飾られた祭壇と棺があった。

粛々と儀式が進み、やがて葬儀社のマイクロバスで火葬場に移動して荼毘に……。

火葬場でお斎の精進弁当をいただいているときに「いつも主人から怪談クラブの生徒さんたちのことは聞いておりました」と先生のお連れ合いが話しかけてきた。

「このたびは本当にご愁傷さまでした」と部長が言った。

葉介は慌てて頭を下げただけだったが、「二人とも、ありがとう」と、ねぎらわれた。

帰るときは、先生の娘さんが運転する車で辻堂駅まで送ってもらった。

先生の娘は、まだ大学生だった。

「父は、私のことや何か……いろいろと心残りだったと思いますが、でも、怪談クラブの皆さんのお蔭で良い人生でした。好きな怪談を話したり聴いたり……。私も、もっと聴いてあげればよかったです」

しんみりとした空気が流れ、このままでは泣いてしまう、と、葉介は焦った。

そのとき、重い空気を打ち破るかのように部長が明るい声で言った。

「部員全員で、この夏休みに遊びに来ることになっていたんですよ」

「ええ。知ってます。父も愉しみにしていました。学校の総務部に急いで届け出ないといけないとか、蒲団をレンタルしようとか……。百物語をするんだって言っていましたね」

——竹内先生と娘さんは、辻堂駅のホームで葉介たちを見送ってくれた。

「先生、また来年の夏合宿も、よろしくお願いします！」

「百物語、最高でした！　面白かったです！」

「奥さんのお料理、美味しかったです！」

部員たちは最後にそれぞれ感謝を口にして、先生に手を振りながら電車に乗り込んだ。

座席に腰を落ち着けると「毎年恒例にしようぜ」と部長が葉介に言った。

「部長は来年いませんよ。留年するつもりですか」

「……ＯＢとして参加する。名誉部員になる！」

葉介は思わず吹き出し、部長も笑いだした。

広間に蒲団を敷きつめて百物語をやったこと。海水浴場で遊んだこと。

愉快な想い出が次々に頭に蘇り、電車に乗っている間中、話が尽きなかった。

東海道本線の車中だ。辻堂駅から、藤沢、大船、戸塚、横浜、川崎……と進んで、次は品川駅に停車するというタイミングで、葉介は、ふと思いついた疑問を口にした。

「行きは学校で全員集合しましたけど、帰りはてんでに帰っていいですよね？」

「その方が合理的だもんな。俺は新橋で乗り換える」

「僕は品川で乗り換えるので、部長とは、ここでお別れですね」

「おう、気をつけて。それにしても愉しかったなぁ。なあ、みんなも……あっ！」

部長が驚いて叫んだそのとき、葉介もまた、信じられないような光景を目の当たりにした。

怪談クラブの仲間たちがみるみる透き通って消えていく！

品川駅に到着したとき、周囲の座席には老若男女が座っていたが、部員は葉介と部長だけになっていた。

「なあ、俺たち、なんのために竹内先生の家に行ったんだっけ？　憶えてるか？　なあ！」

電車を降りる刹那、部長の悲痛な声が背中を追いかけてきた。

――先生を弔うために。

霧が晴れるかのように、愉しい夏合宿の幻は去った。

しかし不思議なことに、想い出だけは鮮明に残った。

竹内家の広間で聞いた降りしきる蝉の歌。辻堂の海。怪談を語り明かした夜……。


夏休み明けの部活の際に、部長と共に、竹内先生の葬儀告別式の報告をした。

二人が帰路に体験した夏合宿の幻覚については話さなかった。

部長は、葉介に対してもその話題を避けているようだった。

しかしその後ミーティングのときに、ある一年生の部員がこんな話をした。

「夏休み中に、竹内先生の家で合宿している夢を見ました。海に遊びに行ったり、夜は百物語をやったり。百物語をやった部屋はお寺の本堂みたいに広い和室で、そこに蒲団をびっしり敷いたんです。さっき同じ学年の部員同士で竹内先生の話をしていたら、みんな同じ夢を見ていたことがわかったんです」

部長の目がたちまち赤くなった。食い縛った歯の間から「俺も」と声を絞りだす。

「僕も」と葉介も声を上げた。「竹内先生の家に……夏合宿に行きました!」

# バーの指定席

都内の大学に通う慎弥《しんや》さんは、新橋のバーで夜のアルバイトを始めた。勉強時間を削りたくなかったので夜間のバイトを探していたところ、たまたまこの店の求人広告を見つけた。

勤務時間は、土日祝以外の午後七時から午前零時まで。

ビルの二階にある小さな店で、基本的にマスター兼バーテンダーが一人でやっている。日曜と祝日は定休。客が増える土曜だけアルバイトを雇って今までやってきたという。

だが最近平日でも客足が途絶えなくなってきたので一人だけ雇うことに決めたのだ――と、バーカウンターのスツールに腰かけて話すマスターの肩の後ろにほとんど空になったグラスが置かれているのを、慎弥さんは見つけた。

下にコースターを敷いて、カウンターの端の席にポツンと置いてある。

午後四時。店は営業時間外で、バイトに応募した慎弥さんとマスターしかいない。

気にするほどのことでもないと思って、マスターとの受け答えに集中し、無事に採用となった。

初出勤は翌週の月曜だった。

バーは午後七時開店だが、店を開ける準備は手伝わなくていいと言われていた。

しかし初日ぐらいは早く行った方がマスターの覚えがめでたくなるだろうと考えて、六時に店の勝手口から入った。

「おはようございます」と挨拶すると驚いた顔でマスターが飛んできた。

あまり嬉しそうでもない。何か失敗してしまったらしい。

「早く来すぎましたか？　少し外で待っていましょうか」

「……いいよ。入って。早く来てもらったら、それはそれで助かるから」

バックヤードから店内に招じ入れられると、先週面接に来たときに見たときとまったく同じようにカウンターの隅の席にグラスが置かれていた。

よく見ると、少しだけ水のような液体が入っている。

「それ」と慎弥さんはグラスを指差した。「この前来たときもありました」

「見つかっちゃったか」とマスターは言って頭を掻いた。

そしてグラスを手に取ってカウンターの流しに下げると、不思議なことを話しはじめた。

——マスターがこの店を居抜きで買ったのは三年前のことだった。

前のオーナーは年老いたバーテンダーで、店を譲る相手を探していた。

ただし、誰でも良いわけではなかった。

「私の友人に、毎晩欠かさず水割りを出してくれる人でなければいけない」

老バーテンダーのこの言葉を聞いて、マスターはお安い御用だと胸を張った。

「水割りなら任せてください。ご友人に特別なこだわりがあるのでしたら教えていただければ、必ずご満足のいくものをお出し致します」

「水割りそのものには、特にこだわりはないようだよ。ただ、店を閉める前に必ずカウンターのそこに」と言って老バーテンダーは店の出入り口から遠い方の端の席を指差した。

「コースターを敷いて置いてほしい。そして、そのまま片づけずに閉店して帰ってもらいたい。翌日出勤してきたときには水割りが飲み干されて、グラスがほぼ空になっている」

マスターは話が呑み込めずに戸惑った。

水割りを置いて帰れということだろうか。

翌日の夜までに飲み干されているというが、いったい誰が飲むのか……。

「変な話だよね」と、老バーテンダーは微笑《ほほえ》んだ。

「ええ」とマスターは正直に応えた。「わけがわかりません」

「ふつうじゃないことが起きているからね……。友人は元は常連さんだった。常連と言っても閉店間際に駆け込んできて水割り一杯しか注文しないから、初めのうちは別になんとも思っちゃいなかった。でも十年、二十年と毎晩のように来てくれるうちに本物の友だちになった。私より五歳上で典型的な昭和の男だった。サラリーマンでね。口下手で照れ屋で働き者で、おまけに凄いせっかちだった。そこの階段はドタバタ駆け上がるし、上等のウイスキーで水割りを作ってやってもビールみたいにゴクゴク飲みやがって！」

聞いているうちに男の姿がありありと浮かぶようだった。

おそらくは戦時中に生まれた、昭和の高度経済成長期から世間の荒波と闘ってきた企業戦士。あまり器用なタイプではないだろう。女にはモテないかもしれないが、恥ずかしがりやで憎めない男――。

「帽子が好きだったな。髪が薄くなる前から被っていた。会社を定年退職してからも、ここに来るときはスーツと中折れ帽で……最期まで。あいつなりのお洒落だったんだろう」

「……お亡くなりになったんですね」

「うん。五年前にね。心不全で、ここへ来る途中で倒れて……。奴の享年に追いついちゃった。もっと早く引退したかったが、今まで誰もこの話を真に受けてくれなかった。ちゃんと信じて、毎晩水割りをあの席に置いてくれる人にしかここは譲れない」

「あの席は、その人の指定席だったんですか？」

「そうなんだ！　同じ場所じゃないと落ち着かない、どうしてもあの席がいいと言っていたから今さら変えるわけにもいかない。コースターもね。無いとイヤなんだと」

慎弥さんは半信半疑だった。マスターにからかわれているのもしれないと思っていた。だが、閉店時刻の午後十一時が迫ると、マスターはカウンターの端にコースターを敷いて水割りを置いた。

判で捺したかのように毎晩、毎晩。

バイトを初めて一ヶ月ぐらい経った月曜日のこと、昼の十二時頃にマスターからスマホにメッセージが届いた。

最初の一行が《助けて！》だったから慌てて読んだところ、なんでも、昨日から金沢を独りでドライブしていたのだが、いざ帰ろうという段になって車が故障して、これから修理に出したり新幹線のチケットを買ったりするとなると、今夜の開店時刻に間に合わないかもしれないという。

《なんだ。そんなことなら心配いりません。開店準備からやりますよ》

慎弥さんがそう返信すると、マスターは《ありがとう。例のグラスをちゃんと下げてね》と書いて寄越した。

午後六時頃にバーが入っているビルに到着して、階段を上り、廊下の奥の方にある勝手口から入った。

ドアを開けた直後に、店の方で微かな物音がした。

鼠か。

泥棒か。

急いでバックヤードを駆け抜けて店に飛び込むと、件の指定席からスーツ姿の初老の男が立ち上がるところだった。

カウンターに置いてあったフェルトの中折れ帽を手に取って、慣れたしぐさで頭に被り、彼の方を向いて軽く会釈した。

そして急ぎ足で彼の横を擦り抜けてバーから出ていった。

魔法のようにドアを擦り抜ける男の背中を、彼は啞然として見送った。

階段を駆け下りていく足音が遠ざかり、やがてすっかり静かになった。

カウンターの端に水割りのグラスがあった。

底の方に氷が溶けた水が溜まり、平たくなった小さな氷が浮かんでいた。

# 欠員補充

国立大学の夜間部は授業料が安い。一般の国立大学のほぼ半額だ。

涼《りょう》真《ま》さんの家は母子家庭で、母が看護師をして家計を支えてきたが、彼が高校に進学した頃から腰痛が悪化して、フルタイムでは働けなくなった。

間の悪いことに母の収入減と歩調を合わせて、同居している祖母が胃癌で入院した。

祖母の癌治療は高齢者受給証のお蔭で自己負担は二割。それでも安くはない。しかも、入院中に認知症が進み、退院後は施設に入れるしかなくなった。

涼真さんも中学生の頃から新聞配達のバイトをして、母と力を合わせて貯蓄に努めてきたのだが、二人でせっかく貯めた金は恐ろしいスピードで減っていった。

だから一度は大学進学を断念することも考えたのだ。

しかしそれは母に泣いて止められた。

「あんたのおとうさんは高卒で、職場で差別されて鬱になって死んだんだよ！」

父については耳にタコが出来るほど聞かされてきた涼真さんだ。

いいかげんにしろ、と、怒鳴りたいのをグッとこらえて、この現状の打開策を探った。

それが国立大学の夜間部であった。


働きながら国立の夜学に通っていることが功を奏したのか、涼真さんは、交通誘導専門の警備会社に正社員として採用された。

社員の中では最年少。

営業部に配属されて、先輩たちに厳しく指導されもしたが、可愛がられもした。

特にベテラン社員には目を掛けてもらった。

どうやら中高年の彼らには涼真さんが「勤労学生」である点が良い感じにアピールするようだった。

入社から二年目のある日の午後六時、営業日報を提出して退社しようとしたところ、営業部長が走ってきて彼のことを呼び留めた。

「待ってくれ。Aさんが倒れた。今夜は全員出払っていて、代わりに現場に出す人間がいないんだ」

警備現場で働く警備員には、ヒラの警備員とまとめ役の隊長や副隊長がいる。

Aは副隊長を務めるベテランで、噂によればかつては苦学生だったらしく、涼真さんの個人的な相談にも進んで乗ってくれていた。

「今日は欠員が多くて経理課長まで出してしまった。あとは私と君だけだ」

涼真さんは所長に応えた。

「わかりました。行きますよ」

「大学を欠席させてしまって申し訳ないが、お願いするよ」

警備員の制服一式を貸し与えられて、すぐに現場へ向かった。

そこは四車線の国道沿いにある大規模な工事現場だった。

午後七時四十五分から朝礼ならぬ〝夜礼〟と点呼があり、副隊長の代理として涼真さんの名前が読み上げられた。

午後八時ちょうどから作業開始。

隊長の指示に従って、国道に赤いカラーコーンが並べられ、工事作業のために占有する車線にバリケードが張り巡らされた。

大型ラフターが工事現場に入場し、地下でユンボが動き、掘り出された土がベルトコンベアーでダンプに積まれてゆく。

彼は圧倒された。営業部にいては滅多に見る機会がない、ダイナミックな光景だ。

必死で誘導灯を振るうちに、やがて午前零時になった。

「交代に来ました！」

聞き覚えのある声がして、振り向くとAがいた。工事主任に挨拶をしている。

涼真さんが駆け寄ると「すみませんでした！　交代に来ました！」と言って右手で挙手注目の敬礼をした。

目上のAが目下の涼真に敬礼したのは感謝の意味を込めてのことだろう。涼真は頬が熱くなるのを意識しながら答礼した
「倒れたって聞きました。もう大丈夫なんですか？」

「ええ。どうかもうお気遣いなく。ごめんなさい。勉強の邪魔をしてしまって」

涼真は恐縮した。Aは顔色が冴えず、たぶん体調が万全でない。

――僕のために無理を押して来てくれたのかな。

ぐずぐずしていると、その間にもAはスマホの着信履歴を素早く確認して、適宜、交代完了の連絡を入れていった。

営業所長への電話は、スマホをスピーカーにして涼真にも会話を聞かせてくれた。

「ご迷惑とご心配をお掛けしました。復帰しましたので、今から交代で現場に出ます」

「よかった！　Aさんがいなかったら、うちは回らないもの。たいしたことなくて本当に助かった！　勤労学生くんはもう帰ったのかな」

涼真はAのスマホに向かって「帰らせていただいていいのですか？」と訊ねた。

「いいよ！　もう安心だ。帰って寝なさい」

翌日、涼真さんが出社すると、いきなり営業所長に呼び出された。

所長室に行ってみると、驚いたことに、所長だけではなく、警備部の係長と昨日の現場の隊長がいた。隊長は徹夜明けで疲れ切った顔をしている。

どんな叱責を受けるのかと思いきや、昨夜の現場の管制表を書き改めることになったと所長から告げられた。

「零時でAさんと交代した旨が管制表に記録されているが、午後八時から午前六時まで君が代替要員といて現場にいたことにしてほしい」

「なぜですか？」と涼真は所長に訊ねた。

そんなことをすれば、せっかく来てくれたAさんに申し訳ないと思った。

この質問には隊長が答えた。

「仕方がないんです。Aさんは、たしかに零時から六時までしっかり働いてくれました。先方からは次に予定されている現場にはAさんを常駐させてほしいと頼まれたほど、彼は良い仕事をしていたんですよ。でも撤収したとき……ふと気づくとAさんの姿が消えていました。てっきり、何か現場の穴にでも落ちたかと思って慌てたのですが……」

「ちょうどそのタイミングで私が隊長に電話を掛けたんだ」と所長が涼真さんに言った。

「午前六時にAの訃報が会社の代表電話に届いた。私が受けたところ、Aのご家族からの電話で」

――たった今、息を引き取りました。

真夜中に工事現場に現れたとき、Aが死ぬことはすでに確定していたのだろう。

涼真の目の前でAは所長とスマホで会話していたが、所長のスマホにはあのときのAの着信履歴が残っていなかったという。

# 深川のトシコちゃん

昭和二十年三月十日の東京大空襲を、千寿子はラジオで知った。

「軍民一体の消火活動によって、軽微なる被害に納められ……」

――同日深夜、東京の下町一帯は大規模な空襲に見舞われたが、軽微な被害で収まった。

ラジオでは、そう言っていたのだ。

そのとき千寿子は品川の第八高等女学校の寮にいた。

去年、東京の工業地帯が夜間爆撃されると、父の茂は家族を連れて千葉に疎開することを決めた。

しかし千寿子は学業を続けたいと思っており、学校からも寮に入るように奨励された。

そこで品川の寮に住んで、学友たちと過ごしていた次第だ。

第八高女は五年制で、千寿子は四年生。十六歳だった。

最近では授業の後に軍需工場に駆り出されて、夜遅くまで働かされるようになった。

授業を潰して軍事教練が行われることもある。

また、生徒の間で囁《ささや》かれている噂によれば、四年生は来年四月に繰り上げ卒業させられて、現五年生と共に女子挺身《ていしん》隊に編入することになるという。

千寿子は落胆し、騙されたような気がした。

——そんなことなら家族と一緒に千葉に行った方が良かったかもしれない。

大空襲から二日経った三月十二日のことだ。

この日も工場の仕事は深夜に及んだ。

みんな疲労困憊していて寮に戻るやいなや蒲団に入った。

千寿子も、手と顔を洗うとすぐに敷蒲団に体を横たえた。

目を閉じる寸前に、部屋の引き戸がカタッと小さな音を立てた。

引き戸の向こうに誰かいるのだと思った。

無視して眠ってしまおうとしたが、カタン……と再び引き戸の方から聞こえてきた。

気になって仕方がない。

千寿子は起きていって、引き戸を開けた。

するとそこに、深川に住んでいる従妹のトシコが憐れなようすで立っていた。

部屋では仲間たちが眠っている。

千寿子は廊下に出て後ろ手に引き戸を閉めた。

「トシコちゃん、どうしたの？」

トシコの髪は灰まみれ、顔は煤だらけで苦悩の皺が深く刻まれていた。

一見、十四歳の少女ではなく老婆のようだ。

着ているものは、あちこち破れて、原型を留めていない。

「深川から歩いて来たの……第八高女を知りませんかって人に訊きながら……」

「どうしてそんな……。いったい何があったの？　おじさんとおばさんは？」

トシコは黙ってうつむいた。見れば、黒く汚れた頰に涙の跡が幾筋もついている。

千寿子は悪い予感に胸を搔きむしられた。

「今夜は私と一緒に寝よう。静かにしてね。みんな眠っているから」

部屋に招じ入れて、自分の蒲団にトシコを寝かせてやった。

隣に体を滑り込ませて優しく抱き寄せた。

掛ける言葉が見つからず、黙ってトシコの臭いを嗅ぎ、ぬくもりを感じていた。

トシコの体は油臭いような焦げ臭いような、奇妙な臭いがした。


朝になると、トシコはお守りを一つ残して消えていた。

首から下げられる紐を付けた、深川の富岡八幡宮のお守りが、敷布団の上に落ちていた。

千寿子は輪になった紐に頭をくぐらせて、お守りを服の中に落とし込んだ。

彼女が、三月十日の空襲被害がラジオで話していた軽微なものではなかったことを知ったのは、日本の敗戦を告げる天皇陛下の「玉音放送」よりも後だった。

噂が的中して四月に女子挺身隊に編入させられた。

五月二十四日には品川も空爆された。

第八高女の女生徒たちは辛くも生き延びたが、家族を喪った者が何人もいた。

その頃には千葉にある家族の疎開先に行くのは至難の業になっており、千寿子は学友たちと寮に残った。

水や食料にも事欠く日々だったが、なんとか無事に終戦を迎えた。

そして父の茂が迎えに来て、家族と再会——。

深川のトシコが歩いて会いに来たことを話すと、両親は揃って眉を曇らせた。

父も母も口が重く、はっきりしたことを言いたがらなかった。

そこで、少し状況が落ち着いてきたときに、自分の足で深川を訪ねていったのであった。

トシコの家があった場所は更地になっていた。

呆然としていると、隣家の生き残りだという人がトシコの最期について教えてくれた。

——家の床下に掘った防空壕の中で、トシコと家族は折り重なるようにして亡くなっていたとのこと。

家が焼け落ちて、生き埋めになってしまったものだと思われた。

三月十二日に逢いに来る直前まで、息があったのかもしれない。

千寿子はその後、トシコのお守りを富岡八幡宮にお返しして、その御霊の安らかなることを祈った。

# 長トイレ

蒲田に住む修次《しゅうじ》さんの家の近所には、二十四時間営業のスーパーマーケットがある。引っ越してきた二十年前にはすでにあった。独身でフリーのプログラマー兼ウェブデザイナーである彼には、非常にありがたい存在だ。

しょっちゅう利用しているので、顔なじみの従業員もいる。バイトは入れ替わりが激しいが、スタッフには十年以上ここに勤めている古株が二人もいるし、店長も数年前から変わらないから目が合えば会釈してくれる。

修次さんは義理堅い性質で、こうなるともう、コンビニに行く気が起きない。

その夜も、深夜零時近くなって小腹が空いてきたので、例のスーパーで何か食べるものを買ってくることにした。

七月、いわゆる熱帯夜だったが、冷房のきいた部屋で座りっぱなしで長時間作業をしていた身には暑い外気がかえって心地よかった……のは最初のうちだけで、スーパーに着く頃には全身じんわりと汗ばんでいた。

店内に足を踏み入れると、一気に汗が引いた。

とても涼しい。

……涼しすぎて尿意を覚えた。

スーパーは二階建てで、トイレは二階のバックヤードにある。

勝手知ったる行きつけのスーパーだから、トイレについても知り尽くしているのだ。

バックヤードのドアを開けて従業員用の通路を直進し、突き当たりの角を曲がったところに男女共用の個室トイレが一つある。

客用に開放されたトイレは、これしかない。

二階に行くと青い作業着の若い男が、トイレへと続くバックヤードのドアを開けて入っていくところだった。

——クソッ！　先を越された！

いや、もしかするとトイレではなく、たとえばあの通路には掃除用具置き場などもあるから、モップか何かを取りにいくだけかもしれない。

一縷《いちる》の望みをかけて、ドアを開けて通路に足を踏み入れたところ、さっきの青年が突き当たりを曲がっていくのが見えた。

自然に早足になり、青年を追い掛けるように修次さんも角を曲がったが。

すでに青年の姿はなく、この先は袋小路。

先にトイレに入られてしまったのだ。

急いで歩いたせいで尿意が強まっている。

しかも青年はなかなか出てこなかった。

水洗を流す音がして、やっと入れると思ったのに、それきりシーンとしている。

我慢できなくなってノックをしたら、トイレットペーパーを巻き取る音が微かに聞こえてきた。

そしてまた水洗の音。

さらにトイレットペーパーを引き出す音がした。

——大の二回戦か！　家でやれ、家で！

心の中で便秘野郎と毒づきながら、足踏みをして尿意をこらえていると、角を曲がって顔見知りのスタッフが来た。

「こんばんは。どうされました？」

「先に入った人が……長いんです！」

「鍵が開いていますよ？　ほら」と言ってスタッフはドアノブに手を掛けた。

見れば、ドアには青い「開」のマークが表示されていた。

誰かトイレに入って中からロックすると赤い「閉」が示される。

青い作業服の青年が入るところを見たので、表示の確認を思いつかなかったのだ。

でも、「開」だけど長トイレ野郎が入っていることは間違いない。

止める間もなくスタッフがドアを開けたので、臭い光景を見るはめになるかもしれないと修次さんは一瞬、思った。

しかしトイレの中には誰もいなかった。

修次さんは、とりあえず出すものを出した。

バックヤードのドアを開けて店側に出たところで、さっきのスタッフが彼を待っていた。

「さっきはどうも」と修次さんは少し恥ずかしい気持ちでスタッフに言った。

スタッフは「いいえ」と彼に応えつつ顔色を窺うと、「青い作業服の人を視ませんでしたか?」と訊ねた。

「はい。僕より先にトイレに入ったはずだったんです」

スタッフは「やっぱり」と溜息をついた。

「店長には内緒ですよ。もちろん他のお客さまにも。でも視た人は一人や二人じゃありません。私も何度か視ています。あの人はうちのクリーンスタッフで、いつも店内の掃除をしてくれていたんですが、最近、急死してしまったんですよ」

つまり幽霊だったのだ。

だから出口の無いトイレの中から姿を消すことが出来た。

腑に落ちたので、これでこの話は終わりだと修次さんは思った。

ところがスタッフは、「生前の悪癖って治らないものなんですね」と言った。

「あの人は従業員専用のトイレに行かずに、いつもあそこに長いこと立て籠もるので苦情が寄せられたことが何度かありました。お客さまも、次はドアの開閉マークをお確かめになってくださいね？　幽霊の長トイレを待ってあげる必要はありませんから」

# あずさの女

京香《きょうか》さんは脚に少し問題を抱えている。生まれつき関節のソケットが浅く、幼い頃から脚の付け根や膝の脱臼を繰り返し、そのため軽い障がいが残った。

幸い三十五歳の現時点では、杖があれば歩ける。階段だって、なるべく避けてはいるけれど、上り下り出来ないわけではない。

もっと重い障がいを持っている人も多いのだから、運が好いと自分では思っている。

好運なことは他にもあって、脚はちょっとアレだが金儲けの才に長けているようだ。投資家として成功しているし、三年前に始めた経営コンサルタントの仕事も順調だ。

顧客の一人が八王子市にいるので、月に一度は八王子に通っている。

当初はハイヤーで往復していたが、あるとき試しに新宿駅から中央本線の特急に乗ってみたら、ほんの三十分で八王子駅に着き、たった三十分と言えども〝旅感〟と呼ぶべき面白さがあって、たいへん気に入ってしまった。

以来、八王子に行くときは中央本線「あずさ」か「かいじ」のグリーン車に乗っている。

グリーン車にするのは、たいがい空いていて（ことによると貸し切り状態で）好奇の目を向ける人が少ないのと、立ったり座ったりするときに体を大きく斜めに傾がせる必要があるのだが、そのためには少しでも座席が広い方が具合がいいからだ。

――この日、新宿駅から乗った特急あずさのグリーン車もガラ空きだった。

通路側の一番前の席を予約していた。周囲の席がどれも空いているのをなんとなく確認してから、慎重に腰を下ろした。

いつも、ほんの少しだけリクライニングさせる。

背もたれを倒したときに、後ろに人の気配を感じた。

振り返って首を伸ばすと、さっきまで空だった窓側の席に若い女が座っていた。

一瞬、目と目が合った。

後ろの女が厭な感じにニヤッと笑いかけてきた。

ギョッとして、すぐに視線を外した。

だが、前を向いて座り直したところ、女の方から荒い鼻息のような音が……。

フーッ、フーッ……と聞こえてきた。

空いている席に替えてもらうことは可能だが、電車はすでに動き出しており、杖をつきながら座席を移動するのは面倒で、転んだ場合を考えれば危険でもある。

そこで、いつも持ち歩いているイヤホンを耳に挿して、スマホで音楽を聴きはじめた。

ところが、フーッという音が音楽を突き抜けて聞こえたので驚いた。

なんとも不気味な現象だったが、無理をするほどでもないと判断して、次の立川駅で停まったら席を替わろうと決心した。

しかし立川駅に着いて座席から立ち上がってみたら、後ろの窓際の席は空だった。

そこに座っていないばかりか、車内を見渡しても、このグリーン車のどこにも姿が見当たらない。

いつの間にか車両後部の出入り口から出ていったのだろうか。

それ以外にはやりようがない。

しかし直前まで例の「フーッ」が聞こえていた気がした。

そのため胸の奥に厭なモヤモヤが残った。

ともあれ、いなくなったのなら、わざわざ別の席に移る必要はない。

だが、同じ席に座り直して再び電車が動きだすと、あの音が聞こえてきた。

フーッ、フーッ……。

そのとき、今、後ろを振り返ってもそこには誰も座っていないだろうと直感した。

論理的な理由は無いけれど、限りなく確信に近かった。

後ろの窓側の席の方から圧を感じて、背もたれに密着した部分の肌に一面に鳥肌が立つのを覚えた。

怖すぎて、席を立てない。

フーッという謎の音は、まだ続いている――。

確実に寿命が縮んだと思いながら、八王子駅で特急あずさを降りた。

ホームに立って、乗っていたグリーン車の方を見たところ、あの女が前から二列目の窓際の席にいて、窓ガラス越しに目が合った。

その途端、愉しそうに手を振りながらニヤニヤ笑いかけてきた。

京香さんは当分の間、中央本線特急のあずさは避けることにして、近頃はかいじに乗っている。

# 馬供養

この本の『モボの帝都怪談集』にも登場する旧士族のお抱え運転手・伊介は、大正四年に主人がビュイックを買うまで、馬係として主家の馬の世話をしていた。

伊介の父も、そのまた父も、主家の馬と共に生きてきた。

彼は、ご先祖は馬廻衆《うままわりしゅう》と呼ばれる、大将に仕える騎馬戦士だったと聞かされて育ち、馬を扱うことにかけては誇りがあった。

ところが主人が、自家用馬車はもう古い、これからは自動車だと宣言した。

嫡男の茂は、「馬は使わないときでも絶えず餌代がかかるが、自動車は走らなければガソリンを食わないからね」と澄まし顔でうそぶいた。

馬車が不要なら、馬たちと御者も要らなくなる。

伊介は御者でもあったから、主家から追い出されるものだと一時は覚悟した。

だが、主人は今後は運転手として召し抱えると言う。

これには安心したけれど、馬との別れはやっぱり辛かった。

昔は何頭も飼っていたけれど、主家の懐事情に合わせて数を減らし、厩舎にいるのは今は二頭だけだ。

どちらの馬も二十歳前後で、馬買い業者が生かしておきたいと思うほど若くない。馬肉にされてしまう可能性が高かった。可愛い馬たちが殺されるのは耐えがたいことだ。とはいえ主家の意向には逆らえない。業者が引き取りにくると、伊介は泣く泣く馬たちと別れた。

伊介は厩舎と棟続きの家に住んでいる。昨日までは馬が立てる物音やいななきがときどき聞こえてきたものだが、これから厩舎はガレージに改造される。車は使っていないときはウンともスンとも言わないから、そうなったら、さぞ寂しかろう……。

しかし夜になり、そんなふうに悲しみながら蒲団に入って寝ようとしていたら、空になったはずの厩舎の方から馬のいななきが聞こえてきた。

飛び起きて厩舎を見に行くと、生き物の気配が急に途絶えた場所に特有の、怖いほど空虚で物悲しい景色が広がっていた。

――これが毎晩続いた。

やがてビュイックが納車されると、主人は一族郎党を邸に呼び寄せ、神社の神主のみならず三人の巫女と神楽の囃子まで招いて、華々しく安全祈願祭を執り行った。

これに立ち会って伊介は悔しくなった。

命のない自動車がこれほど大切に無事を祈ってもらえるのに、感情のある生き物の馬たちはあっさり業者に引き渡されて、それっきり主家の人々から忘れられる。

あんまりだと思ったので、彼は勇気を振り絞って主人に訴えた。

「私には、毎晩、いなくなった馬の悲しいいななきや蹄の音が聞こえてくるのです。きっと今頃は肉にされて食べられてしまったでしょう。私はあの馬たちが不憫でなりません。御前さまからも馬に憐れを掛けていただくことは出来ないでしょうか」

これを聞いて主人は伊介の馬を想う気持ちに感じ入り、己の不覚を省みた。

「私は浅慮であった。仏教には、どんな生き物でも霊魂を持つという教えもあり、殺生を戒める放生会《ほうじょうえ》というものもある。放生会で亀を池に放すように馬を野に放つわけにはいかないが、最後の二頭には、せめて天寿をまっとうさせてやればよかった」

この反省をこめて、主人は伊介の馬たちの供養の儀を行った。

自家用車の安全祈願祭に負けず劣らず立派な儀式が執り行われた上に、元は厩舎だったガレージの横に馬の慰霊碑が建てられた。

その晩、伊介は、二頭の馬が夜空へ駆け上がる夢を見た。

彼は、この家の馬たちは天馬となって主家と彼とを守護してくれることになったのだと思った。

翌朝このことを主人に報告したところ、主人も大いに喜んだという。

# 神棚の石鳥居

富山県の立山は、富士山や北陸の白山と並ぶ日本三大霊山の一峰だ。

天然自然の山に神性を認めて畏敬し、山岳に霊場を拓いて宗教的儀式を行うものを霊山信仰あるいは山岳信仰と呼ぶ。

山は宇宙であり霊の世界である天と我々が生きる地を垂直に結ぶ軸であり、そうであるからこそ祖霊の棲み処だと考えられてきた。先祖崇拝と山岳信仰が繋がる由縁である。

さて、石鳥居というものがある。

石で造られた鳥居のことだが、これが霊山信仰と結びつく。

最も有名な例は山形県の「元木《もとき》の石鳥居」だ。平安時代に建てられたと言われる日本最古の石鳥居で、山形県の瀧山《りゅうざん》における霊山信仰である瀧山信仰を象徴する存在である。

石鳥居そのものは、各地に在ってさほど珍しいものでもない。

山から採れる石を用いる点に、霊山を祀る精神が生きていると見做される。

今回は、霊山・立山を望むある一家が祀っていた小さな石鳥居のお話を紹介する。

話者は三十六歳の実咲《みさき》さん。彼の地で生まれ育ち、父方の家は古くからここで農業を営んでいたという。

――私の実家は北陸地方の田園地帯にあって、父方の祖父の代まで農業をしていました。今の家は、祖父が存命の頃に父が建てたものです。

前の家は旧式な造りのいわゆる古民家で、そのときまだ二十代だった若い父が新しく家を建て直すことは、世代交代を象徴するような出来事だったかもしれません。とはいえ、昭和五十年前後のことですから、それすら昔になりました。

私は、この家で生まれました。

物心ついた頃には、誰もいないはずの階段を上ってくる音がよく聞こえることに気がついていました。

初めは二階の一間を二つ年下の妹と子ども部屋として使っていたのですが、昼夜を問わず、階段を誰かが上がってくる音が繰り返し聞こえるのです。

上がってくるだけで、下りてはいきません。

そして見に行くと誰もおらず、足音も途絶えてしまいます。

小学三年生のときに個室を与えられまして、妹は二階の廊下に面した部屋に、私は例の階段を上ってすぐの部屋にベッドを置いて寝るようになりました。

階段に近い部屋に移ってから、体験する怪異のレパートリーが増えました。

謎の足音だけではなく、たとえば、たまに部屋のドアが開いたりします。

今でもよく憶えている当時の出来事の一つは、夕食後、私の部屋で妹と着せ替え人形で遊んでいたら、ゆっくりとドアが開いたこと。

カチッと音がして振り向くと、静かにドアが開きはじめまして、ドアの向こうの暗がりを開陳しはじめました。

もったいぶっているかのような遅さで、開いてゆく。

暗がりの下に階段があります。

そこを上ってくる足音がする。だんだん、だんだん音が近づいてきて……。

妹と私の悲鳴を聞きつけて、一階にいた父が階段を三段飛ばしで駆け上がってきました。

そのときには、私の部屋のドアは全開になっていました。

「勝手に開いた！」と私は父に言いました。

父はドアを点検して何も異常がないのを確認すると、「気圧のせいだろう」と私に応えました。

そのときは子どもだったので納得したのですが、長ずるにつれて、気圧のせいではあんなふうには開かないことがわかってきました。

また、気圧なんかでは、父が階段を駆け上がる力強い音で打ち消されるまでずっと聞こえてきていた変な足音の説明がつきません。

その頃からドアがひとりでに開くのは、あたりまえのことになりました。

私はすぐに慣れてしまって、このドアが開きはじめるとサッと立って行ってピシャリと閉める習慣がついたものです。


高校の入学式の直前に、私は部屋の模様替えをしました。

壁紙を交換して家具の配置を変えた程度ですが、完成したときは達成感がありました。

携帯電話も買ってもらって、いよいよ大人に近づいた、そんな感慨に浸《ひた》ったものです。

自分好みのようすに変わった部屋で、私はさっそく携帯電話をいじりはじめました。

時刻は午後五時頃。一階の台所で母が夕食の支度をしている時分です。

私は、以前とは位置を変えたベッドに怠惰に横たわって、しばらく携帯電話をいじっていました。でも少し飽きてきて、携帯を枕もとに置いて大の字に手足を広げ、リラックスする体勢を取ったのです。

左腕の手首から先がベッドの端から突き出して、脱力していたので、ぶらんと宙に左手が下がります。

その瞬間に、左の手首を強く掴まれる感覚が走り、すぐに下に引っ張られました。

——ベッドの下に引きずり込まれる！

戦慄してパニックに陥ってしまい、本能的に抵抗することしか出来ませんでした。たちまち全身が左側へ引っ張られてベッドから落ちそうになるのを、右手で右側のベッドの端の角を掴んで喰いとめました。

……が、これはほんの一瞬の出来事で、急に手首が解放されました。気のせいではなかった。そういう確信があるものですから、夕飯に呼ばれるまでベッドを下りられませんでした。

だって、ベッドの下にいる何かに、こんどは足首を掴まれたらどうするんです？

何日かはベッドに寝るときが怖かったものです。

一週間ほど経って、怖さが薄れかけてきたときに、また同じことが起こりました。

そのせいで、ベッドから手足がはみださないように寝る習慣がつきました。

模様替えをしてからは、金縛りにも遭いはじめました。

三日にあげず遭ううちに、ひとりでに開くドアと同じように慣れっこになると共に、対処法を編み出しまして……。

私は、なんとか金縛りを克服してやろうと考えたのです。

金縛りの解き方を考えては試し、考えては試し。最後に辿り着いた方法は、頭の中で金縛りの原因を叱りつけるというものでした。

この頃から、金縛りその他、怪異の原因となるものが存在するはずだと思っていたのですね。

そいつを、叱る――こんなふうに。

「うるせぇ！　おとなしくしてな！」

声に出すわけではありません。脳内で思い切り叫ぶのです。

これは効果抜群でした。面白いぐらい、即座に金縛りが解けました。

この方法に行きつく前、たしか高一の夏頃に、金縛りにあっている最中に、黒い振袖を着た三歳ぐらいの女の子を視ました。

いつも、金縛りが始まると目が覚めてしまいます。

そのときは、目を開いたら私のお腹の上におかっぱ頭の女の子がいました。

子ども用に肩上げをした黒い振袖なんて見たことがありません。

それだけでも異様な印象ですけど、その子、ケラケラ笑っていたんですよ。

なんとも不気味でしたが、なぜか私は冷静で、「いつもの金縛りはあんたの仕業だったのか。私と遊びたいんだね」などと心の中でその子に話しかけました。

すると、それまで感じていた女の子の重みがスッと軽くなり、姿が薄れていったのです。

その後、この女の子は二度と現れませんでした。

でも、大人の女が、ベッドに寝ている私の腰の横辺りに佇んでいたことはあります。

このときも金縛りで目が覚めたら、それの姿が視えたのです。半分透きとおっている、ほっそりした女のようでした。少しぼやけていて着ているものまでは視えませんでした。

悪意を感じませんでしたから叱りつけることもなく、私はそのうち眠ってしまいました。

家族は、私が逐一報告したのでこうした心霊体験を知っていましたが、「ふうん、そうなんだね」みたいな、とても薄い反応しか寄越しませんでした。

母や妹も経験していたはずです。でも、突き詰めて考えると日常生活に差し支えるので、何か起きてもすぐに頭の中から追いやって無視するようにしていたのかも……。

唯一、父だけが明確に共感を示してくれて、父なりに原因を探ってくれていました。

けれども私の方では、高校卒業を機に実家を出て独り暮らしを始めたら、一切、奇妙な現象に遭わなくなって、関心が薄くなってしまいました。

いつしか実家で起きた不思議な出来事については、想い出すこともなくなりました。

しかし最近、実話怪談やオカルト的なトピックを扱うラジオ番組をたまたま知って、暇なときに聴くようになったところ、あの当時の記憶が蘇ったのです。

そこで実家を所用で訪ねた折に、父にこの話をしました。

そうしたら、父は昔のことを忘れていなかったばかりか、今でも原因究明を続けていたのがわかったのです。

父は私に言いました。

「おまえのベッドの位置のせいだよ。高校に入る直前に模様替えをしただろう。その結果、ベッドに寝たときのおまえの頭は、一階の神棚の真上に位置するようになったんだ。だから高一から金縛りに遭いはじめたのに違いない」

父が指摘したとおり、実家の私の部屋は一階の神棚のある場所の真上にあたります。

そこは建て替え以前の古い家では玄関の土間だったところです。

昔は、古い農家の家ではよく見受けられる横に長い広々とした土間があった――その名残で今の家に玄関もとても広くて、上がり框が深いのです。

その上がり框を上がった板の間の一方の端の壁に、我が家の神棚がありました。

そして、この神棚に、自然石で造られた石鳥居が一つ置かれているのですが。

「この家が完成したとき、うちのじいちゃんが神棚にあの石鳥居を置いた。じいちゃんは『この鳥居は霊力のあるものだから、くれぐれも丁重に扱うように』と言っていたよ」

父はそう言って、神棚を見上げました。

この石鳥居は、私の家に遙かな昔から伝わっているものかもしれません。

すでに祖父は他界していて、私の一族と石鳥居の関係を知る者は、もはや親戚にも一人もおりません。

遠く、霊山・立山を望む家です。あの山の石で作られたのかもしれませんね。
だとしたら、私は、石に宿る山の神さまの頭上に寝たから怒られたのでしょう。
私の父は、今もこの石鳥居と神棚を大事にしています。

# 井戸の守り神

未由《みゆ》さんの父方の一族は、北関東のこの辺りが常陸国《ひたちのくに》と呼ばれていた頃から、界隈では五指に入る大地主の家系だった。

親戚も裕福だったが、本家にあたる未由さんの生家は中でも群を抜いていた。

村議会議員を何人も輩出して、邸の真ん前に電車の駅が出来ると「権勢を振るって鉄道の駅まで造らせた」と噂された。

それほどの有力者だったということだ。

昭和四十八年に未由さんが産声を上げた邸は、村会議員をやっていた祖父が建てた木造の平屋で、建坪が大きかった。

のっぺりと広がる巨大な瓦屋根の庇が深く、母屋は高床で、長い縁廊下が家を取り巻いていた。

その縁廊下の一辺から望める場所に、これまた広大な屋根付きの駐輪場があった。

これも一家が所有しており、祖父の代から月極千円、一日百円で貸していた。駅から近いので利用者が多く、良い上がりが取れた。

トイレや浴室は、母屋から屋根のある渡り廊下を伝っていく。

その渡り廊下の母屋側は、邸の厨房になっていた。

水回りを一ヶ所に固めたかったのだと思われる。

厨房には、直径八十センチメートルほどの丸い井戸があった。

年に一度のメンテナンスのとき以外、分厚いコンクリート製の蓋で閉められていたが、滾々と水が湧く生きた井戸である。

電動モーターで汲み上げた水を床下に張り巡らせたパイプに通してあった。邸内の厨房、トイレ、洗面所などで蛇口をひねると井戸水がジャーッと出るという寸法だ。

水質は非常に優れており、保健所の水質検査ではいつも褒められた。

水量が減ったこともない。

——この辺りに大きな地下水脈があるのだと思われた。

敷地に隣接する場所に沼も存在していた。大きくはないのに決して涸れない沼だった。

だが、未由さんが高一のときに、駅前一帯が区画整理の対象に指定された。

行政からの要請で逆らえず、頑固者だった祖父が物故《ぶっこ》していたことも作用して、転居することになった。

土地を手放すにあたって井戸を壊した。

埋め戻す前に、祖母、母、叔母、未由さん、妹の立ち合いのもと、業者に水抜きしてもらった。

すると空ろになった井戸の底から。魚の骨格標本のようなものが現れた。

少し青みがかって見えるほど、雪のように白い骨である。

繊細なレース編みを思わせる骨組みを有しており、鰭《ひれ》の先に至るまで瑕疵《かし》や欠損は一ヶ所もない。

業者が壊さぬように拾い上げると、そこにいた叔母が掌で受け留めた。

「羽のように軽い」と叔母が言った。

掌に納まる大きさで、鼻先を近づけても新鮮な水の匂いしかしなかった。

工芸品のように美しいが、元は生きた魚であったに違いない。

「この魚はどこから来たの？」と妹が問うた。

もっともな疑問だ。井戸に魚が自然発生するわけがない。

「きっと、この家の守り神だったんだね」と祖母が言った。

江戸時代から栄えてきた一族の者にとっては、素直に信じられる言葉だった。

魚の骨の処遇を巡って家族会議を開いた。

飾り物にするのも不遜な気がした。ゴミとして捨てるわけにもいかない。

土地の神だろうから、別の場所に持っていくのも躊躇された。

結局、元の場所で土に還るのがいちばん良いだろうということになって、井戸の底に横たえた。

そして家族全員で井戸を囲んで手を合わせ、これまでの守護に感謝したのだ。


その後、未由さんの家では不幸なことが続いた。

まず、母が祖母をひどく虐めだした。そのせいで祖母が病みついてしまった。

父は家を飛び出し、どこで何をしでかしてきたものか、二、三ヶ月して帰ってきたときには多額の借金をこしらえていた。

両親は未由さんが高二のときに離婚して、彼女と妹は母と共に小さなアパートに引っ越した。

それから未由さんの父の弟、つまり叔父が、彼自身の飼い猫を嬲り殺しにした。

叔父と叔母は村で不動産屋をやっていたが、叔父の言動がおかしくなったことから評判を下げた。

祖父が亡くなったとき、叔父は例の駐輪場を遺産として譲り受けていた。だが、不動産屋が行き詰まると売り払った。ここは現在コインパーキングになっている。

――彼らは、一族の守り神を手放したがために、多くのものを失ってしまったのだ。

# 父のお骨を運ぶとき

昨今は、住んでいる家と家族の墓が県をまたいで離れているケースが珍しくない。私の父方の祖父母の墓は埼玉県にあるし、夫の祖母の墓は富士山の付近にある。そのせいで、どちらも滅多に墓参りしない。

本来、家と墓は近ければ近いほど便利がいい。

昔は家の敷地内や住んでいる村落の中に墓を建てたものだ。

家から墓が遠くても、最初から距離があったわけではない場合もある。

――東京都在住の内科医・淳実《あつみ》さんの場合も、このパターンにあてはまる。

両親は共に静岡県浜松市の出身。二人とも進学のために上京して、東京に職を得た。そして結婚して淳実さんが生まれた次第だから、彼女は東京生まれ東京育ちである。

しかし先祖代々の墓は、父方のも母方のも浜松にあった。

さらにまた、彼女の両親は老いを感じはじめたときに、余生を過ごす家を千葉県に建てて引っ越した。

父母が健勝なうちは、墓のことなど誰もたいして気にしていなかった。

だが、父が肺癌で亡くなると問題が顕在化した。

千葉から静岡まで、つまり東京の東から西へ、納骨のために移動しなければならない。

一年に及ぶ闘病生活の果てに息を引き取ったとき、父は六十四歳だった。

あの世へ逝くには若すぎた。最期の言葉は「俺、死ぬのかなあ?」であった。

葬儀告別式は、千葉の自宅から近いセレモニーホールで執り行われた。

父は倒れる寸前まで現役のビジネスマンだったので、仕事関係の人々も多く参列した。

淳実さんが勤務する病院で最期を迎えたことから父の担当医らも来て、親族一同を合わせれば四十人あまりが葬式に立ち会ったであろうか。

彼女と同じく医師である夫と八歳の一人娘もその場にいた。

浜松の墓は父方代々の菩提寺の墓苑にあるが、葬式で読経した僧侶はその寺の住職ではなく、葬儀社が連れてきた見ず知らずのお坊さんであった。

しかし宗派は合わせたし、年輩のしっかりした方で、どこぞの住職だから問題ないはずだったのだが。

いよいよこれから式が始まるというそのとき、突然、パラパラ、パラパラパラッ……と、雹《ひょう》か大粒の雨が屋根を叩くかのような音がセレモニーホール中に鳴り響いた。

上から音がするので反射的に見上げると、高いところに大きな天窓があった。

天窓に嵌ったガラス板を透かして一面の青空を振り仰ぐ格好になった。

雨も雹も降ってなどいない。しかしパラパラという音は止まず、それどころか、次第に激しさを増していった。

居並ぶ参列者たちは全員、動揺が隠せないようすになった。

「ラップ音だ」と誰かが口走った。

読経が始まると鳴りやんだことも心霊現象を裏付けた……ような気がした。

茶毘の後、父のお骨は母が千葉の家に持ち帰った。

お骨というものは意外に重い。

骨の重さは体重の約十五〜二十パーセントぐらい。つまり体重が五十キロの人なら十キロ近くの重さになる。

それを陶器の骨壺に入れると重量はさらに増す。

運ぶ際には、これを骨箱という桐の箱に納め、風呂敷で包んで首から提げて胸の前で抱えるのが常識になっている。

だが、淳実さんの母は、はなはだしく腕力に欠ける人だった。

浜松の菩提寺で四十九日法要と納骨式を行う予定である。

非力な母が千葉から独りで浜松までお骨を運ぶのは無理な話だ。

お骨は淳実さんの夫が抱えて東京にある夫婦の自宅に持ち帰り、しかる後に四十九日になったら浜松に運んだ方が合理的なのだ。

母にもそれはわかっていたはずだが、茶毘が済むと、

「おとうさんと、しばらく一緒にいたい」

と、哀れっぽく言いだした。

両親はおしどり夫婦だったから、淳実さんにも母の気持ちが理解できた。

そこで、淳実さん夫婦で父のお骨を運んでやって、ひとまず母に預けることとした。

そして四十九日法要の当日の朝に夫を伴って車で千葉の家に行き、母とお骨をピックアップする計画を立てた。

ところが直前になって、母が電車で行きたいと主張した。

「おとうさんと一緒に静岡に帰省するときはいつも新幹線に乗ったから」などと言う。

結局、三人は鉄路で東京から浜松へ行くことにした。

前述したように母にはお骨を運ばせられない。

そのため、四十九日の前日に千葉から母と父のお骨を東京に連れてくる必要が生じた。

その日、淳実さんと夫は仕事帰りに淳実さんの職場のそばで待ち合わせした。

やがて夫が車を運転してやってきた。

淳実さんが乗り込むと、母が待つ千葉の家に向けて出発した。

辺りは夕暮れで、小雨が降っていた。

雨足が次第に強まり、千葉の家に到着したときには本降りになっていた。

父のお骨と母を押し込むように後部座席に乗せた。

まだ午後七時にならないが、雨雲のせいで辺りは夜の暗さである。

降りしきる雨のせいで視界が悪い。

夫はいつも以上に安全運転を心がけているようだった。

車はゆっくりと柏インターから常磐道に入った。

護国橋の辺りで高速道路を降りる……はずだった。

「ん？」と夫が最初に異変に気がついた。

「ここはどこだ？　カーナビがおかしい。変な場所に誘導されてしまったぞ」

彼らを乗せた車は狭い一本道に侵入していた。

千葉の家と車で行き来するのは初めてではない。

こんな道は通った覚えがなかった。

いったん車を停めてスマホで位置情報を確認したところ、とある跨線橋の側道にいることがわかった。

「スマホで道順を確かめながら帰ろう」

夫はそう言って、再び車を走らせはじめた。

淳実さんは助手席でスマホの地図アプリを開いた。

たぶん二十メートルぐらい——体感としてはほんの一瞬の後、夫がアッと叫んで急ブレーキを踏んだ。

淳実さんがスマホの画面から視線を上げると、緑色の金網が前に立ちふさがっていた。

——ぶつかる！

本能的に目をつぶってしまったが、恐れていた衝撃は襲ってこなかった。

車は金網のフェンスに突っ込む直前で停止していた。

雑草だらけの地面に前輪が乗り上げている。

さっきの一本道は車の後ろにあった。

いきなり直角に方向転換をしたとしか解釈できない状況だ。

しかし夫はそんなことをした覚えがなく、淳実さんと母もあのとき確かに車は直進していたと思った。

幸い三人に怪我もなく、父のお骨も無事だった。

——父は私たち家族を道づれにしようとしたのかな。

そう考えると怖くなる、と、淳実さんはインタビューの折に私におっしゃった。

お骨が一家無理心中を図ったかのようで、なるほど確かに恐ろしい。

覚悟がないまま愛する者たちを残して永眠するのは辛かったに違いない。

だが四十九日法要と納骨式はつつがなく行われ、以降は何もおかしなことは起こっていないのだという。

# 誰も住めない部屋

今から四十年近く前になる。彼はプロ野球のクラブチームをクビになった。不品行な真似をしたわけではない。戦力外通告を受けたのだ。

二十四歳。大学を卒業してプロ入りしたばかりだった。球団の寮に入っていたが、追い出されるはめになった。

実家には帰りたくない。東京で一旗揚げたいと思うが、野球しか知らずに生きてきたから、何から手をつけたらいいかわからない……。

高校のときから彼を応援してくれているAという人がいた。無名選手だった彼には後援会など存在するはずもないのだが、Aは「自分は一人後援会長だ」とよく言っていた。

Aは、歳の頃は六十一、二。司法書士と土地家屋調査士の資格を持ち、司法書士事務所を運営しつつ、不動産投資や飲食店の経営など、東京都内中心に手広くやっていた。

ようするに、頼もしい、頭の切れる、だが、どことなくうさんくさい男だ。

しかし若くて世間知らずな彼が、Aの怪しさに気づくのはもう少し後のことになった。そのときは迷わずAに泣きついた。

「任せておきなさい。一度はプロ野球選手になれたんだから、何にだってなれるさ！　すぐに働きたいなら二、三、思い浮かぶところがあるし、住む場所も世話してあげよう」

Aは度量の広いところを見せ、彼のために無償で仕事と住まいをお膳立てしてくれた。仕事というのは、Aが経営している新宿のナイトクラブのマネージャー。

住まいの方は、高田馬場駅から徒歩五分ほどのビルの一室であった。

スマホの地図アプリなどの無い時代のころだから、彼はAに与えられた地図と住所を頼りに訪ねていった。

ここだろうと思われる物件に辿り着いてみれば、一階に理容室があった。

わかりやすく「町の床屋さん」と呼びたくなるような、出入り口の横で赤・青・白のサインポールがクルクル回っている店だ。

ビル自体は、建坪の小さな細長い五階建てビルで、二階から上はアパートになっているように見えた。

ガラス張りのドアを開けて理容室に入ると、白い上っ張りを着た初老の男女がこちらを振り向いた。

「いらっしゃいませ」と男の方が彼に挨拶をした。

「あの、こんど部屋を貸してもらうことになった者なんですけど……」

「ああ、Aさんのご紹介の！」と女が言った。

話しているうちに、この男女が夫婦で、夫はこのビルのオーナーだと知れた。

「つまり私が大家です。ご覧のとおり床屋が本業で、貸し部屋は片手間にやっているものですから、契約関係は全部Aさんにお任せしているんです。四階の部屋なら今日から貸せますけど、どうします？」

事前にAから、「敷礼ナシの月三万円」と聞かされていた。

「では、お言葉に甘えて……」

「日割り計算して、今月末までに現金を茶封筒に入れて一階の床屋に持ってきてください」

「銀行振り込みにしなくていいんですか？　何か書類にサインする必要は……」

「ああ、そんなの！　うちはユルークやってますから。面倒なことは苦手なたちでね」

ずいぶん適当だな……と内心少し不安を覚えたが、とりあえず部屋を借りることにした。

床屋の上っ張りを着たまま、大家は先に立って階段を上りはじめた。

エレベーターが付いていないようだ。かなり年季の入ったビルである。

「ここです。ハイ、これが鍵。では、あとはお好きにどうぞ」

思っていたよりも清潔な印象の部屋だった。

新宿区内の駅近の物件で三万円は安い。その割には悪くないのではないか？

六畳と八畳の和室が二間と、安ホテルにありそうなトイレと一体化したバスユニット。玄関の上がり框から手前の六畳間までの床が幅一メートルほどの板敷きになって、ガスレンジとステンレス製のシンクがある。

玄関に下駄箱がないが、人が一人立つのがやっとという三和土の狭さだから仕方がない。まだ日が高かった。

駅前の大型スーパーマーケットで掃除用具と卓袱台《ちゃぶだい》と小型テレビを買って、明日のうちに届けてもらう手配をした。

それから川崎にある球団の寮に行き、寮監に預けておいた自分の持ち物を宅配便で送る手続きを済ませた。

夜は悪友の家に転がり込んで、その晩は部屋に帰らなかった。

翌日は正午頃に高田馬場に戻った。

それからは荷物が届いたりガス会社や水道会社が来たりして、夕方まで慌ただしかった。

途中で一回ラーメンを食いに出たが、やることが一段落つくと空腹を覚えた。

そこで昨日のスーパーマーケットに行き、唐揚げ弁当とポテトチップス、ビールのロング缶三本を買ってきた。

まずは風呂。次にビールと弁当にしよう。

だが、いざ風呂に入ろうと思ってよくよく見れば、バスタブに乾いた埃《ほこり》が溜まっていた。長い間、使われていなかったようである。

すきっ腹を抱えて風呂を洗った。やれやれ、これでようやく風呂に入れる……と思いきや、バスタブの給湯口からドス黒く汚れた湯が吐き出されてきた。

給湯口はゴボゴボという気味の悪い音も立てていた。湯量も少ない。配管が詰まっているのだろうと思い、失望を覚えながら湯を止めた。

——と、その直後に、トイレがジャーッと流れた。

ユニットタイプのバスルームであるがゆえ、すぐ後ろに水洗トイレの便器がある。

振り返ると、ふつうに便座に水が流れていた。

触りもしないのに。

いぶかしみながらバスルームを出たタイミングで、再び水洗の水が流れたので、彼はキャッと言って飛び上がった。

直後に、玄関のようすが目に入った。

下駄箱がないので、今日のところは、靴をダンボール箱に入れっぱなしにして上がり框のそばに置いたのである。

全部で六足。それが一足残らずダンボール箱から出されて、三和土を埋め尽くすように並べられていた。

三和土は文字通り足の踏みどころがないありさまだが、見ればどの靴も爪先を外の方に向けて真っ直ぐに置かれているのだった。

またトイレが流れだした。

彼は慌てて財布を引っ掴むと、玄関のいちばん手前に置いてあったサンダルを突っかけ、一足飛びに階段を駆け下りた。

なるべくにぎやかな方、明るい方を目指して闇雲に走るうちに、駅前に赤提灯を見つけた。おでんの屋台だ。

「へーい、らっしゃい。そこの端、もうちょい詰めてください」

「おにいさん、ここ座って。……あらぁ、大きい！　野球選手みたい！」

すでに出来あがっている四十年輩の女にそう言われて、思わず吹き出しそうになった。

——さっきのアレが現実だとは思えないな。こういうのがリアルだろう。

日本酒とおでんの盛り合わせを注文した。コップ酒を一気に呷《あお》ると小さな歓声が沸いた。

「いいね！　イケる口だね。おにいさんに、もう一杯！　俺の奢りで！」

酒を酌み交わすうちに、その場に居合わせた客たちと打ち解けた。

「おにいさん、どこの人？」

「昨日、この近くに引っ越してきたばかりなんですよ」

これを聞くと、屋台の大将は彼に興味を持ったようだった。

「へえ。俺は今年四十になるんだけど、生まれながらの高田馬場っ子で、昔っから親が近所で焼き鳥屋をやってるんだよ。この辺りのことなら自分の顔みたいにわかる。ヒントを言ってくれたら、どこに住んでるかあててみせるよ」

「じゃあ……一階が床屋さんです！」

それを聞いて大将は顔を曇らせた。彼の隣に並んで座っていた中年の男女も、なんとなく全身をこわばらせて、和気あいあいとしていた屋台が、いっぺんに変なムードになる。

彼が戸惑って客の顔を見回していると、大将が口を開いた。

「まさか、そのビルの四階じゃあるまいな？」

「はい。四階ですが何か？」

「一階が床屋のビルの四階だろう？　はすむかいに焼き鳥屋があって、そこが俺がさっき言った親がやってる店だよ。……その部屋、よした方がいいと思うぜ」

大将が仔細らしく言うことには、十年前ほど前、理容室のビルの四階で五十がらみの男と二十代の女が同棲しはじめた。

親子ほども歳の差があるが、人目をはばからずいちゃつきながら歩くようすから、深い仲の二人であることはすぐに知れた。

そこで同棲しはじめて間もなく、彼らは例の焼き鳥屋の常連になった。

親が教えたものだから、そのうち大将のおでん屋台にも来てくれるようになり、あれこれと話をした。

だが、やがて彼らがクラブの経営者とそこで働くホステスだとわかると、口を聞くのが厭になった。

——雇われの身の若い女じゃや、ボスの誘いを断れねえよな。

男は身なりも良く、他所《よそ》に豪邸を建てて妻子を住まわせていそうな雰囲気で、大将はそこも気に入らなかった。

やがて男は床屋のアパートから姿を消した。

しょんぼりと道を歩く若い女の姿を何度か見かけたが、男が去ってから一ヶ月あまり後に、彼女はあの部屋で首吊り自殺をした。

窓のカーテンレールに紐を掛けて外を向いて首を括ったので、ビルの下から見上げると、窓辺に佇んでいるかのように見えた。


大将の話を聞いて、彼はあそこには絶対に住めないと思った。

怪奇現象の原因がわかってしまったからだ。

それに、狭苦しい三和土いっぱいにきちんと靴を並べてしまう、あの感じ……。

ああいうところに、哀れな女の融通の利かない真面目さと、そこはかとない貧乏ったらしさが表れているような気がして、生々しく迫ってくるものがあった。

大家にわけを話すと「すみませんでした」と、かえって恐縮された。

「十年前あんなことがあって、あれからAさんがうちに借り手を斡旋してくれるようになったんですけど、あの部屋だけは、どんな人に貸しても三日ともたずに出ていかれてしまうんですよ」

大家に清掃代として心づけを渡し、屋台の大将に挨拶すると、彼は実家に帰った。

その翌日、Aから新宿のナイトクラブに呼び出された。

Aは大家から報告が入ったと彼に言い、遠い目をしてつぶやいた。

「結局、誰も住めない部屋になってしまったんですねぇ……」

それを聞くと、靴でギッシリ埋まった玄関の三和土がまた頭に浮かんだ。

気が滅入りかけたので、彼は話題を変えようとした。

「Aさんが言っていた僕にマネージャーをやらせたいナイトクラブというのは、ここですか？　良いお店ですね！」

Aは一瞬、目を見開いて彼の顔をまじまじと見た。

それから大きな溜息をつくと、「やっぱりやめよう」と言った。

「君には、まだわからない？　十年前あの部屋で自殺した子は、この店のキャストだったんですよ。私のせいで死んだようなものだから責任を感じて床屋に部屋の借り手を紹介してきて……。君があそこに平気で住める男だったら、あるいは、こういう事情を全部知っても何とも思わない豪胆なヤツなら、私の右腕になってもらいたかったな！」

こうしてAに見放された彼は、大学の先輩と事業を起こして成功した。

そして結婚して家庭を持ち、息子が生まれた。

月日が流れ、小学生になった息子が学校から実話怪談の本を借りてきたので、この出来事を思い出した。

「パパは若い頃に、自殺した幽霊が取り憑いている部屋に行ったことがあるんだ。そこを借りて住もうと思っていたんだけど、怖くて逃げだしちゃったんだよ」

「凄いね！　事故物件じゃん！　その部屋って、まだあるの？」

息子にそう言われて、今はどうなっているのか、スマホの地図アプリで調べてみた。

床屋と焼き鳥屋は影も形もなく消えていた。赤提灯の屋台も、ありそうもない。

その辺り一帯は、大型の集合住宅が建ち並ぶマンション街になっていたのだ。

彼は、Aが不動産投資をしていたことを想い起し、本当に怖いのは幽霊ではなく、人間の悪党だとつくづく思った。

# ある家の祟りの記録

この一連のエピソードは、広島市在住の昌美《まさみ》さんという女性からお寄せいただいた。ひとつながりの長い怪談として構成することも出来たが、一つ一つの出来事を粒だたせた方が読みやすくなり、また、怖さが際立ちそうな気がしたので、断章を書き連ねることにした。

本編に入る前に、昌美さんについて軽くご紹介しておく。

昌美さんは現在五十三歳。
二子の母で、長女が三十三歳、長男が三十二歳だが、子どもたちの父親とは離婚した。
現在は八十歳になる実母・常子《つねこ》と二人で暮らしている。
常子の生家は、かつては広島県竹原市に広大な葡萄畑を持っていた。
明治時代の初期に建てられた母屋は内蔵《うちぐら》造りで、建物の中に土蔵を有した。

昔は台所の土間に井戸があったが、昌美さんが生まれる数年前に土を入れて埋めてしまった。

――彼女の話は、この井戸から始まる。

## ◎竹原の井戸と三原の怪物

竹原にある常子の生家は、百年あまり前から増改築を繰り返していた。

昭和四十二年、常子の結婚が決まると、両親は井戸を潰して台所を造ることにした。

井戸は母屋の土間の隅にあった。

邸の玄関を兼ねた大きな広間の一隅にかまどがあり、そこでご飯を炊いていた。

洗い物や料理に使う水は、ポンプで汲み上げた井戸水だった。

土間にはなみなみと水を張った大甕《おおがめ》があって、いつも蓋がしてあった。

――これらを全部壊して、井戸の辺りに浴室とトイレを造る。

この計画を両親から聞いたとき、常子は大いに反対した。

「とんだ罰あたりじゃ。井戸を厠《かわや》にして土足で踏みにじることにならん？」

「もうそがいな時代じゃやない」と父は笑った。

母も相槌を打って、「近頃は里帰り出産いうのが流行っとるそうじゃ。常子がうちで赤ん坊を産むんなら、衛生的なバスやトイレが家の中にあった方がええ」と言った。

常子の両親は敗戦の挫折から立ち直った世代だ。

ましてや、ここ広島には原爆が落とされた。

彼らは、伝統的な価値観を捨てることに躊躇《ちゅうちょ》がなかった。

むしろ旧弊《きゅうへい》な日本の文物を敵視する傾向さえあった。

だから、供養や御霊《みたま》抜きをすることなく井戸を埋め立てた。

常子は祟りを畏《おそ》れて助言を試みたが、母は「われはもう他所の家の人じゃ。うちで決めたことに口を出すものじゃない」と言って聞き入れなかった。

実家の井戸と土間の改修工事が始まったちょうどその頃、常子と夫は、夫の生家がある三原市にいた。

周囲には里山の景色が広がっている。

ここに夫婦の新居を建てたらどうかと親戚から勧められた農家の跡地があって、二人で下見をしに来たのだ。

すでに建物が取り払われて更地になっていた。

――ポツンと一つ、緑色に苔むした丸井戸があった。

咄嗟に常子は実家の井戸を想い起した。

「家は潰してしもうたのに井戸は残したんじゃの。竹原の家たぁ、あべこべじゃ」

思わずそんなことを言うと、夫は「使えるものなら使わしてもらおう」と言い、常子の手を引いて井戸に近づいた。

「ほら、水が匂うよ。使えそうじゃ」

夫が話すとおり、井戸端には水の匂いが濃く漂っていた。

「蓋がないけぇよ。じゃけぇ水気が感じられるんじゃ」と常了は夫に応えた。

そして夫婦は肩を並べて井戸の縁に手を掛け、中を覗き込んだ。

奈落の底に水鏡がある、と、思ったのも束の間、水の面を割って巨大な顔が現れた。

白くのっぺりとして能面を思わせる面差しだが、井戸を塞ぎそうなほど大きい。

それが、グルグルと旋回しながら猛烈な速さで上ってきた。

腰を抜かした常子を夫が引き起こして、井戸から逃れた。

必死で走り、充分に離れたと思ったタイミングで、二人は井戸の方を振り返った。

顔は、大量の水を滴らせながら井戸の縁より高く昇っていた。

四肢は無く、代わりに太い蛇体がうねうねと波打ちながら、重たげな頭部を支えている。

蛇が鎌首をもたげるのとそっくりな仕草で顔がこちらを向いて、目と目が合った。

途端に常子は失神した。気づいたときには化け物は井戸の中に消えていた。

◎またしても井戸、井戸……

常子のすぐ下の妹は、竹原の実家の改修工事が済んだ直後に服毒自殺した。

検死の結果、彼女は妊娠していたことが明らかになった。

遺書があり、そこには以前から許嫁がいる男と関係していたことや、妊娠した途端に男に捨てられて絶望したことが綴られていた。

妹が選んだ死に場所は真新しい浴室で、埋め立てた井戸の真上であった。

その一年後に、常子は女児を出産した。

妹の祥月命日に産声を上げた子だったが、不吉なことに、一歳九ヶ月のときに空き地に放置されていた古井戸に落ちて亡くなった。

この死の数時間前、常子は娘の背後に金色の光の輪が表れて、目も眩むばかりの輝きが娘の全身を包むのを目撃した。

常子はそのとき、娘のために蜜柑の皮を剥いてやっていた。

光を視て息を呑み、思わず蜜柑を取り落とした。

床を転がった蜜柑が光の輪に吸い込まれるのと同時に輝きが収束した。

それから常子は所用のために、近所の少女たちに子守を頼んだ。

しばらくして、少女らが泣きながら走ってきたので、何かと思えば常子の子が井戸に落ちたと……。

そういう次第で昌美さんの姉は亡くなり、昌美さんが実質上の長女となった。

## ◎こっくりさん

その頃、竹原の家には、常子の弟・参治《さんじ》とその妻と二人の子、そして常子や参治の両親が暮らしていた——妹が自殺していなければ八人家族だったわけだ。

妹の服毒自殺事件から四、五年も経過すると、常子の長女の死の記憶はまだ生々しかったものの、盆暮れ正月に恒例の親族の集まりが復活した。

盆の中日に、夕食後、参治の妻が言い出しっぺになって「こっくりさん」をした。

誰も彼もが面白がり、適当な質問をこっくりさんに投げかけた。

「こっくりさん、こっくりさん。次に赤ん坊を生むのはこの中の誰ですか？」

五十音のひらがなを書いた台紙の上を、参治の妻らが指を乗せた銅貨が右へ左へと素早く滑っては止まり、滑っては止まりした。

銅貨が止まった文字を繋げていくと、それがこっくりさんからの託宣になる。

「さ　ん　じ　を　つ　れ　て　い　く」

質問と答えが噛み合っていなかった。

参治の妻が次の問いを口にした。

「こっくりさん、こっくりさん、うちはもっとお金持ちになりますか？」

「さ　ん　じ　を　つ　れ　て　い　く」

――何を訊いても答えは「参治を連れていく」になるのだろうか。

参治の妻は、躍起になったかのようにまた違うことを訊いた。

「こっくりさん、こっくりさん、来年は豊作ですか？」

「さ　ん　じ　を　つ　れ　て　い　く」

とうとう参治が「やめてくれ！」と妻を怒鳴りつけて、こっくりさんを終わらせた。

その二日後、参治は自分の部屋で首を吊って自殺した。

遺体が見つかったのは夕方で、発見者は参治と常子らの父だった。

息子の変わり果てた姿に半狂乱になった祖父の叫びを聞いて、家人も納屋に駆けつけたが、参治の妻子だけが見当たらなかった。

もしや一家心中、と、誰しも思った。

しかし実は、彼の妻は、参治の預金通帳や印鑑、土地の権利書などを持ち、二人の子を連れて、夜明け前に家を出ると、他県に逃亡していたのであった。

参治は、目が覚めたとき妻と子どもたちがいないことに気づいたのだろう。

そして預金通帳などが持ち出されているのを知り、絶望して自殺したのだ。

彼の妻は、夫を深く憎悪していたに違いない。

こっくりさんで繰り返された「参治を連れていく」という文言は、彼女が銅貨を操って綴ったことも推測できた。

だが、参治が死んだのが盆の明け日だったのは、偶然にしても出来すぎていた。

## ◎瀬戸田島の拝み屋

子や孫に不幸が相次いだので、昌美さんの祖父母は以前は唯物論者のようだったのが、一転して急に霊視やお祓い、祟りの存在を信じるようになった。

「こがいに凶事が続くなぁ祟りに違いないじゃろう。何が禍《わざわい》しとるか視てもらわにゃあ」

祖母がそんなことを言うたびに、母の常子は「井戸にきまっとるのに」と呆れていた。

常子の勘は的中して、やがて祖母がわざわざ瀬戸田島から連れてきた評判の拝み屋も同じことを言った。

この拝み屋は視力が弱いと見えて、白杖《はくじょう》を突いていた。

年齢不詳の女である。

白杖で前方を探りながら邸内を隈なく歩きまわる――と、浴室の前で足を止めた。

「ここにあった井戸が粗末な扱いを受けて、地の神、水の神が怒り狂うとる。うちの手にゃあ負えん。この家は主《あるじ》夫妻の死と共に滅びる」

この拝み屋はこれだけ告げて、後は誰が何を訊いても答えなかった。

お代を受け取らず早々に帰ってしまったので、「げに（本当に）祓いようがないんじゃ！」と言って祖母は怯えた。

## ◎昌美

昌美さんは二十歳で結婚した。

夫は長距離トラックの運転手で、二、三日に一度帰宅した。

精力が強く、たまにしか帰ってこないのに、たちまち昌美さんを身ごもらせた。

彼女は二十一歳から立て続けに長女と長男を産んだ。

長女を孕んだとき、舅姑にこれを報告すると、先祖代々の墓に連れていかれた。

「これから毎日ご先祖さまをお参りせにゃあいけんよ」と姑は彼女に言った。

「えっ。毎日は無理じゃ思うよ。他にやることがあるんじゃけぇの」

「ほんじゃが、できるだけやらにゃあ、ご先祖さま方に嫁と認めてもらえんりぇのぉ」

姑は強引で、ほぼ毎日、昌美さんを墓地に連れていった。

そして二人で墓石を磨いた。

隅の方に、一度も洗われたことがなさそうな苔だらけの小さな墓があった。

この一基だけ、まるで無縁墓のようだった。

彼女はこれを哀れに思い、心をこめて隅々まで拭き清めてやった。


そんな日々が過ぎ、腹がだいぶ迫り出してきた頃のこと。

その晩も夫は留守だった。

独りでベッドで寝ていたところ、彼女は丑三つ時にふと目を覚ました。

「あなた……？」

ベッドの足もとに人影を認め、夫が予定を変更して帰ってきたのかと思ったのだ。

だが違った。

それは人にはあり得ない速さで屈み込むと、彼女の掛蒲団の裾を捲って中に潜り込んできたのだ。

驚愕してガバッと跳ね起きた。その勢いで蒲団がベッドの横にずれ落ち、そいつの体が剥き出しになった。

薄暗がりに浮かびあがる黒い影の塊。

曲線に彩られたフォルムから、これは女だと直感できた。

――影の中で双眸《そうぼう》の白目が濡れた艶を帯びている。

暗闇に目が慣れてくると、長い髪や優しい目鼻立ちも把握できるようになってきた。

やはり女。しかも若い。自分と同じぐらいなのではないかと昌美さんは思った。

女は昌美さんの顔をじっと見つめているようだった。

彫像のように動かない。

昌美さんも均衡を崩すのが怖くて全身を凍りつかせていた。

先に行動したのは影の女の方だった。

素早い動作で昌美さんの右の足首を手で掴んだのだ。

氷のように冷たい感触に、思わず「ヒッ」と声が出た。

するとそれは女の形を構成していた粒子が弾け飛んだかのようにちりぢりになって、たちまち消えてしまった。


この話を母の常子に打ち明けたところ、例の瀬戸田島の拝み屋を連れてきてくれた。

拝み屋は白杖の先で昌美さんの体の輪郭を軽くなぞった。

最後に左肩を杖で軽く打つと、彼女に告げた。

「この娘は十九歳で、ならず者たちに慰みものにされて、誰の子かわからん子を宿した結果、自ら命を絶った。あんたと年齢が近うて同じ妊婦同士であることから、波長が合うてしもうたのじゃろう」

拝み屋は、昌美さんと常子に供養の仕方を教えた。

二十五日の間、毎日、仏壇に線香を上げ、神棚に酒と水と米と白玉団子の供え物をしろというのだった。

二十五日目の朝、酒、水、米、白玉団子の器が、突然、四つとも真っ二つに割れた。

念願成就したのか、不吉なのか、器が割れた意味を昌美さんは量りかねた。

姑は彼女から経緯を聞くと、菩提寺の過去帳を住職に調べてもらった。

そして昭和初期に十九歳で自害した女が実在した事実を突き止めた。

妊娠していたことが死後に明らかになった旨も過去帳に記されていた。

◎二段ベッド

下の子が生まれた頃から昌美さんと夫の仲は急速に冷めていき、彼女が二十八歳のときに離婚となった。

それと時を同じくして、母方の祖父母がバタバタと立て続けに亡くなってしまった。竹原の邸は禍々しい出来事が数多く起きたので誰も住みたがらず、ここが空き家になると同時に親族が一堂に集まる場所と機会も失われた。

結局、瀬戸田島の拝み屋が言ったとおりになったのだ。

——この家は主夫妻の死と共に滅びる。

邸を解体、撤去して、土地を売ることになった。

解体工事の前に、父が子ども用の二段ベッドを持ち出して家に運び込んだ。

自殺した叔父の参治の子どもたちが寝ていたベッドだ。

ちなみに母子三人の行方は今日《こんにち》に至るまで杳《よう》として知れない。

「この二段ベッド、昌美の子たちにちょうどええか思うて持ってきた」

「そがいゲンの悪いもの持ってこんでよ！」

「そんなん言わんで使うて」

昌美さんは、竹原の邸からは何も持ってこない方がいいと直感していた。

だが、子どもたちは大喜びで、二段ベッドで寝たいと言った。

そこで仕方なく受け容れたのだが、やはり怪異に見舞われた。

一週間ほど経った日欧日の午後六時半頃のこと。そのとき彼女は例の二段ベッドの下の段でうたたねをしていた。

目が覚めると、子どもたちがリビングルームでテレビを観ている音がうっすらと聞こえてきていた。アニメ番組のようだ。ときどき愉し気な笑い声が混ざる。

――平和じゃのう。

竹原の家では、母の弟も妹も自殺した。祖父母が死に、邸はこれから解体される。他にも不幸せなことがいろいろあった。

だが、今、この時間は安寧に包まれている。

子どもたちがいる方へ行こうとして……目の前に垂れてきた黒いものに視界を覆われた。

驚いてベッドに尻もちをついた。

そのとき、さっきの黒いものが髪の毛だということがわかった。

二段ベッドの上段から身を乗り出して、覗き込もうとする何者かの……。

逆さまになった顔が、髪の毛に続いて現れた。

――あの女！

婚家の墓から憑いてきた十九歳の孕み女。第六感が彼女にそう告げていた。

――念願成就の日に供え物の器が割れたなあ、祓えんかったということじゃったんだ！

長く感じられたが、実際にはたった一秒ぐらいの出来事だったろう。

女は二段ベッドの上の段にするすると引っ込んだ。

恐々とベッドから下りて上を覗き込んだが、そのときには何もいなかった。

## ◎血の滴り

三十二歳のとき、昌美さんに恋人が出来た。

彼は島根県に住んでいた。自然と、島根と広島お互い行き来することになった。

あるとき、昌美さんが自分の車を運転して島根の彼に逢いにいった。

ちょうど桜の季節だった。

約束の場所で待っていた彼を拾って、島根県内の桜の名所を案内してもらった。

午後九時頃に別れた。

帰途、あと少しで県境のトンネルに入るというとき、助手席の窓に車の屋根から白い腕がダラン……と垂れ下がってきた。

思わず急ブレーキを掛けてしまった。

腕は、スススーッと上に引っ込んだ。

胸の動悸をおさえ、落ち着くために深呼吸をした。

とりあえず明るい場所に行こうと思いつつ車を走らせていたら、自動販売機が何台か並んでいるところを見つけた。

そこに車を停めて缶コーヒーを買い、車に戻ろうとしたところ、異変に気がついた。

車の屋根一面に、赤黒い血液のようなものが飛び散っている。

よく見れば、リアウィンドウや運転席、助手席側の窓にも滴っていた。

人や動物を轢いた覚えはない。

だが、これは血だ。生臭いような金臭いような、血液特有の臭いまでするではないか。

彼女は恐怖のあまり歯の根も合わないほど震えながら、血塗れの車に乗り込み、エンジンを掛けて出発した。

街なかでは、誰かに見咎められて通報される恐れもあり、生きた心地がしなかった。

家に到着すると、取るものも取りあえずホースで水を掛けて車を洗った。


この出来事を恋人に打ち明けたところ、出雲大社のご祈祷を勧められた。

祝詞を聴いているうちに清浄な気分になり、神主に勧められて誂《あつら》えた神棚を家に祀ったところ、辺りがにわかに明るんだような気がした。

八年前に昌美さんの父も他界して、竹原の邸の井戸から始まった禍《わざわい》の連鎖を知る者は、彼女の他には母の常子だけになった。

一族が滅びゆき、祟りもまた終わりを迎えつつあるのだろう。

★読者アンケートのお願い

本書のご感想をお寄せください。
アンケートをお寄せいただきました方から抽選で
5名様に図書カードを差し上げます。
（締切：2024年10月31日まで）

応募フォームはこちら


# 禍いの因果 現代奇譚集

2024年10月7日　初版第1刷発行

著者……川奈まり子
デザイン・DTP……延澤武
企画・編集……Studio DARA

発行所……株式会社 竹書房
〒102-0075　東京都千代田区三番町8－1　三番町東急ビル6F
email：info@takeshobo.co.jp
https://www.takeshobo.co.jp
印刷所……中央精版印刷株式会社